Ansgar Fabri

Hinter den Ginstertrieben

Ansgar Fabri

Hinter den Ginstertrieben

Psychothriller

Verlagsunabhängige Neuauflage des Originals
aus dem Gipfelbuch-Verlag

Bibliografische Information der Deutschen Nationalbibliothek: Die Deutsche Nationalbibliothek
verzeichnet diese Publikation in der Deutschen
Nationalbibliografie; detaillierte bibliografische
Daten sind im Internet über www.dnb.de abrufbar.

1. Neue Auflage

Die Originalauflage erschien 2008
im Gipfelbuch-Verlag e. K. , Waldsolms/Hessen

Covermotiv u. Montage: Nadine Fabri

Lektorat und Korrektorat:
episteme Kulturdienstleistungen, Eva Magin-Pelich M.A.
für die Originalausgabe, Gipfelbuch-Verlag

Herstellung und Verlag:
BoD – Books on Demand, Norderstedt
ISBN: 9783837055597

WIDMUNG

Für meine Frau Nadine - den besten Menschen, dem ich je begegnen konnte und der ich diesen Roman schon früher gewidmet hätte, wären wir uns früher begegnet.

AUS DEM TALMUD

„Achte auf deine Gedanken,
denn sie werden Worte.

Achte auf deine Worte,
denn sie werden Handlungen.

Achte auf deine Handlungen,
denn sie werden Gewohnheiten.

Achte auf deine Gewohnheiten,
denn sie werden dein Charakter.

Achte auf deinen Charakter,
denn er wird dein Schicksal."

PROLOG

Als sie erwachte und die Augen aufschlug, verwandelten sich ihre Albträume in drängende Mächte, in brutale Selbstzerstörungswünsche. Sie setzte sich in der Dunkelheit auf und strich mit dem Handrücken kalten Schweiß von der Stirn. Ein stummes Wetterleuchten erhellte kurz das karge Schlafzimmer. Sie sah sich für einige flackernde Sekunden in der Spiegeltür ihres Kleiderschranks: Eine junge Frau im weißen Nachthemd, das ihr über die schmalen Schultern hing, aufrecht im Bett sitzend – mit einem Gesichtsausdruck, der verriet, dass sie gleichermaßen wusste, „es" nicht tun zu wollen und doch tun würde.

Sie stand auf und tapste aus dem kühlen Schlafzimmer.

Ein weiteres Aufflackern am Himmel erhellte ihre Wohnküche in blassem Licht. Am Fenster zeichnete sich für wenige Augenblicke der runde Umriss ihres indianischen Traumfängers mit seinem dünnen, perlengezierten Netz ab, das Geschenk einer Freundin „gegen die bösen Träume". Jenseits der Scheibe fiel ein Niederschlag vom Nachthimmel – Schnee? Regen? Schneeregen? Es war nicht zu erkennen.

Die junge Frau erreichte ihre Kochnische, blieb vor dem Spülbecken stehen und blickte nervös, hektisch atmend auf die an der Wand hängenden Küchenmesser: rechts ein langes Brotmesser mit sägegleichen Schneidkerben, links ein schlankes Fleischermesser mit geschwungener Spitze. Sie zwang sich wegzuschauen, hin zu dem chaotischen Spülberg neben dem Becken, blickte zurück zu den scharfen Klingen ...

Nur einmal kurz anfassen, nur einmal den Griff in der Hand spüren, vielleicht verschwindet der Drang auf diese Weise, redete sie sich ein.

Die innere Spannung in ihrem Körper wuchs, eine sich in die Unendlichkeit ausbreitende Leere zerfraß ihre Seele wie die Verwesung einen Leichnam, nur viel, viel schneller.

Zögernd hob sie den Arm, griff nach dem Fleischermesser, berührte seinen schwarzen Kunststoffgriff und hob es aus seiner Halterung. Von irgendwo aus der nächtlichen Stadt tönte das auf- und abschwellende Jaulen des Martinshorns eines Rettungswagens hinein in die stille Wohnung, während die junge Frau das scharfe Messer langsam in den Händen drehte.

Als der Nachthimmel ein weiteres Mal auf-
flammte, sah sie bereits eine verästelte Fluss-
landschaft aus Blut über ihren nackten Arm
strömen. Das Blut floss über ihre Hand, auf die
Finger, von wo es rhythmisch in das Spülbecken
tropfte. Dunkelrot und dickflüssig platschten
die Tropfen auf die darin liegenden Gabeln
und Tafelmesser, an denen noch die Fleisch-
reste des letzten Abendessens klebten.

Das Blut schien die unbeschreiblichen Span-
nungsgefühle aus ihrem Körper zu spülen. Eine
gespenstische Ruhe breitete sich in ihr aus, sie
entspannte sich, atmete langsam ein und aus,
als nehme sie einen süßen Duft wahr und genoss das Glücksgefühl, doch noch leben und
leiden zu können. Sie stand eine Weile vor der
Spüle, sie wusste nicht wie lang.

Dann endeten die Glücksmomente in einem
schleichenden, schlechten Gewissen.

Sie schüttelte den Kopf, spürte Trockenheit im
Mund, ließ kaltes, klares Wasser über ihre
verletzten Arme brausen. Sie klappte den
Hängeschrank über der Spüle auf, wo sie – aus
langer, blutiger Erfahrung heraus – neben
Töpfen, Tassen und Tellern auch mehrere
Mullbinden und Pflaster aufbewahrte. Mit

routinierten Handgriffen verband sie die Wunden, aus denen immer noch klebriges Blut hervorsickerte.

Dann ließ sie sich seufzend auf einen Stuhl in ihrer Essecke fallen. Wo sollte das alles noch hinführen?

1. KAPITEL

„Alles wird immer schlimmer. Ich habe das Gefühl, die Welt geht unter. Bald. – Gestern Nacht, das war nur der Auftakt."

Stille.

„Es hat geblutet wie lange nicht mehr! Drei Schnitte. – Tief!"

Schweigen.

„Ich sehe in mir eine Person", begann Klaudia Kraft erneut und beugte sich auf ihrem Stuhl vor, „die am Ende ist, die auf den Holzweg geraten ist, einem Weg, der ins Nichts führt!"

Die junge Frau sank in ihren Stuhl zurück, wirkte erschöpft, als hätte sie alles, was sie gerade gesagt hatte, laut herausgeschrien. Sie strich sich eine blonde Strähne aus dem Gesicht, schmiegte sie hinter das linke Ohr und ließ die Schultern hängen. Verzweiflung, Verletztheit, Wut entstellten ihr hübsches Gesicht, verzerrten es zur Grimasse.

Ruhe, Zuversicht und Wohlwollen sprachen aus den Augen des Psychiaters Dr. Kramer, auf der anderen Seite des Schreibtischs. Die Fingerkuppen meditativ aneinandergelegt wie zwei

Gehirnhälften, den weißen Kittel aufgeknöpft, saß er da in seinem Ledersessel.

„Und ich sehe eine Person, die erst am Anfang ist, die sich auf dem Königsweg in die Normalität befindet", entgegnete der Arzt gelassen.

Schweigen in dem kleinen Behandlungszimmer. Die chinesischen Opernmasken in den betongrauen Regalen zwischen den breitrückigen Fachbüchern starrten auf die beiden hinunter, horchten der Stille – der Ruhe vor dem Sturm. Klaudias Ärmel flatterten nach oben über die Ellenbogen: weißliche Narben, zentimeterlang, mehrere nebeneinander, zerfurchten ihre Haut. Einen Teil des linken Arms verdeckte ein Verband, professionell angelegt nach jahrelanger Übung.

„Sind das keine blutigen Beweise dafür, dass es mit mir immer schlechter wird?", brach es aus Klaudia hervor. Sie blickte zu einer der Opernmasken hinüber, der linken, der grimmig dreinblickenden mit den nach unten gekrümmten Mundwinkeln. „Ich sehe eine Person, die kaputt ist, die das Letzte zerstört, was von ihr noch ganz ist. Die Ekelhaftes mit sich selbst tut, die sich dafür schämen muss, die nicht weiß, was sie mehr hassen soll – sich oder die Welt – und die genau weiß, dass es eine Katastrophe wäre, wenn sie das ausbrechen lassen würde, was da in ihr drin tobt."

„Und ich sehe eine Person", knüpfte Kramer an, „die sich ein wenig überschätzt, wenn sie glaubt, dass sie allein eine Katastrophe auslösen könnte, nur wenn sie mal Dampf ablässt. Außerdem sehe ich eine junge Frau, die gegen das, was sie da tut, eine Therapie angefangen hat, Fortschritte macht und zudem noch Medikamente nimmt."

Kramer lächelte. Klaudia starrte immer noch auf die missmutige Opernmaske, dachte nach. „Ich bin genauso verrückt wie das Wetter in den letzten Tagen."

Kramer drehte sich um, blickte aus dem Panoramafenster hinunter in den Medienhafen Düsseldorfs: Glitzerndes Sonnenlicht auf dem Rheinwasser wie Kristalle, die schunkelnden Gehry-Bauten, Gebäude wie dreidimensional gewordene Hundertwasser-Gemälde, glänzten in der warmen Herbstsonne. Zum strahlendblauen Himmel reckten sich weitere Großstadtbauten, bunt und futuristisch, bildeten eine urbane Kulisse.

„Die Sonne scheint!", konstatierte Kramer verblüfft, ohne sich vom Fenster abzuwenden. „Nachts Schneeregen, morgens Nebel, mittags Hagel, nachmittags Sonne, mal sehen, was noch alles bis heute Abend kommt!" Er wandte sich Klaudia wieder zu. „Nein, so verrückt wie das Wetter in den letzten Tagen sind Sie noch lange nicht, tut mir leid! Denn dem würde ich derzeit ein ‚gespaltenes Irresein' attestieren!"

Klaudia musste unvermittelt lachen, drehte den Kopf zur Seite und blickte nun in die heitere Opernmaske.

„Gleich ist alles wieder anders", murmelte sie.

„Gleich bin ich wieder die engagierte, alles könnende, alles überblickende Klaudia Kraft, Studentin der Sozialpädagogik, Mitglied einer Menschenrechtsbewegung und Lebensberaterin bei einem Sorgentelefon."

Kramer hob langsam die Hände.

„Ist doch toll!", rief er. „Sie haben trotz Ihrer Krankheit die Energie aufgebracht, neben dem Studium psychologische Zusatzkurse zu belegen, das Sorgentelefon mit anzustoßen und jetzt beraten Sie selbst am Telefon Menschen in Lebenskrisen! Das schafft nicht jeder!"

Sie blickte ihn an.

„Nach außen hin ja. Innen ist alles kaputt. Eigentlich wollte ich immer Psychologie studieren, doch durch mein ‚Borderline' sollte es mit dem Abi nicht so gut laufen."

Kramer verzog die Lippen zu einem Schmollmund.

„Glauben Sie mir, eine gut ausgebildete Sozialpädagogin ist mir viel lieber als so manche Psychologin! Also werten Sie sich nicht unnötig ab!"

Klaudia zuckte mit den Schultern, blickte aus dem Fenster: Altweibersommer über der Rheinmetropole. Ein Herbstidyll, zumindest für diese Stunde. Doch sie konnte das alles nur durch dickes Glas sehen.

„Ich bin zuversichtlich!", rief Kramer kraftvoll. „Es wird noch viel passieren!"

2. KAPITEL

Weniger als eine Stunde später hatte sich das Altweibersommerwetter in unheilvolle Vorboten eines gravierenden Wetterumbruchs verwandelt. Klaudia Kraft wischte sich Schweißtropfen von der Stirn. Mitten im niederrheinischen Herbst schwitzen wir bei so einer merkwürdigen Wärme, dachte sie und zog den Reißverschluss ihres zu dick gefütterten Kapuzenpullovers ein Stück auf. Doch sie fühlte sich nun wieder etwas wohler, hier auf dem Campus der Düsseldorfer Heinrich-Heine-Universität: eine Landschaft aus Hochschulgebäuden – teils lichtdurchflutet und modern, teils hohe, kantige Sechzigerjahre-„Bausünden". Aufgelockert von zahlreichen Grünanlagen, durch die sich rot gepflasterte Campuswege schlängelten, neben denen Sitzbänke zum Erholen nach den Vorlesungen einluden. Sie mochte die entspannte Atmosphäre der Uni, wo sich nicht nur der Fachbereich Sozialwesen „ihrer" Fachhochschule Düsseldorf befand, sondern auch der Raum des Sorgentelefons, in dem Klaudia nun saß. Die FH hatte rein juristisch nichts mit dem Sorgentelefon zu tun. Es hatte sich aus einem praxisorientierten Studentenprojekt entwickelt und war inzwischen zum beliebten Geheimtipp einer wachsenden Anruferschaft avanciert, erinnerte sich Klaudia. Vom unglücklich verliebten Teenager über den verwitweten Rentner, vom krebskranken Familienvater bis zur schwangeren Jugendlichen reichte die Klientel durch alle

Altersgruppen und Gesellschaftsschichten. Klaudia hatte das Projekt vor etwa einem Jahr mit Kommilitonen und dem heute einzigen hauptamtlichen Mitarbeiter Peter Fels aus der Taufe gehoben, frei nach der Maxime: „Beim Sorgentelefon rufen Menschen mit Sorgen an, um die wir uns dann sorgen!"

„Verdammter Psychopath!", riss Klaudia die wütende Stimme ihrer Sorgentelefonkollegin Christina Eitel ins abnorm warme Hier und Jetzt zurück. Christina knallte verärgert den Hörer auf die Gabel. Ihre zierliche Kommilitonin und Kollegin mit dem Engelsgesicht saß schmollend, die Arme verschränkt, mit hochrotem Kopf, in der engen Telefonistenkabine und starrte zu Boden. Ein strubbeliger Haarschopf schob sich aus einer anderen Telefonkabine hervor: Lars Schuler, ein zwanzigjähriger Student, mit Brille und verblassenden Sommersprossen.

„Wieder ein obszöner Anruf?", vermutete er.

„Ja!", stieß Christina peinlich berührt hervor.

Lars gluckste belustigt und verschwand wieder hinter der Trennwand. „Ich will, dass *mir* mal einer in den Hörer stöhnt!", rief er gut gelaunt aus der Kabine heraus.

Der beleibte Peter Fels stand plötzlich neben Christina und schenkte ihr ein Glas Mineralwasser ein. „Möchtest du darüber reden?", fragte er sanft.

Peter Fels, „der Fels in der Brandung", „der Fels, auf den man bauen kann". Lars Schuler hatte so manches Wortspiel über den diplomierten Religionspädagogen mit dem symbollastigen Namen kreiert. Fels war neben Verwaltungs- und Organisationsaufgaben auch für die Supervision verantwortlich.

„Ach nee! Das ist nur doof, dass *mir* das immer passiert", murmelte Christina.

Die Espressomaschine gab ein fauchendes Röcheln von sich, während sie die letzten Tropfen Kaffee in die Glaskanne hustete. Klaudia stand auf und wollte gerade die Maschine ausschalten, als Christina nach ihr rief:

„Hattest du auch schon mal so Perverse am Telefon?"

Klaudia goss sich den dunklen Espresso in eine Tasse. „Perverse?", echote sie. „Nein! ‚Meine' sind alle immer ganz lieb. In der letzten Zeit hat dreimal der gleiche Mann angerufen."

Keiner sagte etwas. Daueranrufer gab es bei allen Sorgentelefonen. Sie waren oft bekannt und verlangten gerne, mit derselben Person sprechen zu dürfen. Klaudia goss sich Milch in den Espresso, beobachtete die Miniaturwolkenbildung, die sich in dem nun hellen Kaffee abspielte.

„Sehr angenehme Stimme, netter Kerl, scheint einsam zu sein."

„Du hast immer die Netten und ich immer die Arschlöcher", murmelte Christina.

Klaudia stellte den Kaffee neben das Telefon.

„Mach Schluss für heute!", riet sie ihrer Kollegin. „Ich mach das schon, ich hab's nicht weit bis nach Hause, im Gegensatz zu dir, und für heute Abend ist ein Unwetter angesagt!"

Peter Fels nickte und Lars rief unsichtbar aus seiner Kabine:

„Genau, hau ab!"

Wenige Minuten später klingelte das Telefon, Klaudia hob ab und meldete sich.

„Hallo!", klang es blechern aus dem Hörer. „Ich hab' da ein Probleeeem!"

Das klang nach einem „jugendlichen Verarscher", fand Klaudia, war aber noch nicht ganz sicher. „Okay", begann sie ernst, „und was ist es?"

„Also, mein Vater schlägt mich!", behauptete die körperlose Stimme fröhlich. Gekicher im Hintergrund. Klaudia leckte sich die Lippen, die Stimme fuhr fort:

„Er hat gesagt, dass er mich totschlägt, wenn er gleich von der Arbeit kommt."

„Ich kann deinen Vater gut verstehen!", entgegnete Klaudia und legte auf. Das Telefon schwieg. Dann klingelte es erneut.

„Guten Tag!", meldete sich eine sonore Stimme. Klaudias Augen rollten von links nach rechts, sie dachte nach. – Ja! Das war er, der Mann mit der angenehmen Stimme, der nette, der wohl einsame.

„Tja, jetzt rufe ich schon wieder an", begann er. Es schien ihm peinlich.

„Das macht doch nichts", entgegnete Klaudia wohlwollend. „Was haben Sie denn auf dem Herzen?"

Eine kurze Pause, Klaudia wartete ab.

„Nun, dieses Gefühl, dass einen alle hassten, wenn sie einem ins Herz sehen könnten ..., dass die Welt einen jagen würde für das, was man ist ..., dieses Gefühl wie von einem Dämon besessen zu sein, der einen jedoch nicht in Tobsuchtsanfälle versetzt, sondern lähmt, sich wünschen lässt, nicht mehr aufstehen zu müssen, der einem die alten Arme noch schwerer macht, als sie ohnehin schon sind, das ist wirklich eine Qual. – Das Leben ist eine Qual!"

Klaudia wartete ab, ob noch etwas käme. Aus den letzten Telefongesprächen wusste sie, dass dieser Mann mit dem eigentlichen Problem „hinterm Berg" blieb. Er redete viel, drückte sich gewählt aus, aber vieles verschlüsselte er in kryptischen Symbolen und Metaphern und ließ noch mehr im Dunkeln.

„Bringen wir doch Licht in den Schatten!", rief Klaudia. „Sie haben also das Gefühl, man *würde* Sie hassen, wenn man Ihnen ins Herz sehen *würde*. Und da ist etwas, was Ihnen die Lebensfreude raubt."

„Ja, ja genau! Die Lebensfreude raubt, aussaugt wie ein Vampir!", bestätigte der Mann eifrig.

„Hasst man Sie denn?", fragte Klaudia.

Kurzes Schweigen.

„Nein."

„Kann man in Ihr Herz schauen?", stellte sie die rhetorische Frage in den Raum.

Schweigen, dann:

„Nein!"

„Und dieser *Dämon* – ich nehme an, der war metaphorisch gemeint ...“

„Ja, natürlich, ich glaube inzwischen nicht mehr an Gott und Kirche!“, unterbrach sie der Mann und entschuldigte sich sogleich überschwänglich für die Unterbrechung.

„Dieser Dämon – entsteht doch eigentlich, weil sie *glauben,* man *würde* Sie hassen, *wenn* man in Ihr Herz schaute!“

Der Mann murmelte etwas, dann ein klares: „Ja, vielleicht.“

Klaudia nickte, als säße sie ihm gegenüber. Er ist vermutlich wirklich bloß einsam, braucht Kontakte, kommt deswegen auf solche Gedanken, überlegte sie.

„Sagen Sie, sind Sie verheiratet?“, fragte Klaudia. „Nein. – Also nicht mehr ..., ich meine, seit Langem geschieden“, entgegnete der Mann mit der angenehmen Stimme.

Klaudia zwirbelte das Spiralkabel des Telefons um den Finger. Geschieden, das war ungünstig.

„Wohnen Sie in einer Stadt?“

„Nein, in einem Dorf.“

Das wiederum war gut, denn das soziale Netz in ländlichen Gegenden war oft enger und ließ somit weniger Menschen durchfallen.

„Haben Sie Freunde, Bekannte, sind Sie berufstätig?", fragte Klaudia.

„Freunde, ja. Bekannte auch, und ja, ich arbeite noch stundenweise", kam es blechern aus dem Hörer.

„Na, das ist doch wunderbar", rief Klaudia fröhlich und lächelte. „Freunde, Bekannte, ein Job, ein Wohnsitz im Ländlichen, das ist doch positiv! Denken Sie mehr an diese Dinge, nicht an das Was-wäre-Wenn, das ist doch unkonstruktiv, unschön, unwichtig!"

„Ja ..." – Der Mann schien über ihre Worte nachzudenken. „Eigentlich ist das irgendwie richtig."

„Na also! Versuchen Sie es, dem sollte nichts im Wege stehen!", entgegnete Klaudia.

Eine Pause entstand. – „Ja", kam die Stimme vom anderen Ende wenig überzeugt, „ich werde es beherzigen!" Wieder eine Pause, dann kraftvoller in der Stimme als zuvor:

„Danke! Und ... bitte ... ich heiße Louis!"

3. KAPITEL

Am nächsten Vormittag verschlang ein undurchdringlicher, nasskalter Nebel die nordrheinwestfälische Landeshauptstadt. Klaudia Kraft saß allein im Raum des Sorgentelefons, die Ärmel hochgekrempelt, da die Heizung aus einem ihr unerfindlichen Grund über Nacht bis zum Anschlag aufgedreht gewesen war und nun eine bullige Hitze in dem Raum stand. Ab und zu drehte sie sich misstrauisch in Richtung Tür, immer in Sorge, jemand könnte geräuschlos eintreten und ihre vernarbten, verunstalteten Arme sehen. Angenommen, ein Mensch wäre Schuld an meinen Selbstverletzungen ... was würde ich diesem Menschen sagen?, fragte sie sich gerade, als das Telefon schrillte. Sie hob ab.

„Guten Morgen!", klang es sonor aus dem Hörer. Einen Moment brauchte Klaudia, um die um Freundlichkeit bemühte Stimme des neuen Daueranrufers zu erkennen. – Sie klang verzerrt durch Anspannung und Angst.

„Guten Morgen, Louis!", begrüßte ihn Klaudia höflich.

Eine kurze, verlegene Pause am anderen Ende. Er schien angenehm überrascht zu sein. „Vielen Dank, dass Sie so aufmerksam waren und sich meinen Namen gemerkt haben!", kam schließlich die Antwort. Dann:

„Der Grund meines frühen Anrufes ist leider sehr unschön!"

„Aha – was haben Sie denn auf dem Herzen?"

„Nun ja ... in dieser Nacht hatte ich eine erschreckende, grausame Erkenntnis", begann Louis.

Klaudia schwieg, wartete ab.

„Es war eine fürchterliche Nacht. Ich ging früh zu Bett, gegen neun Uhr, aber zur Geisterstunde um Mitternacht wachte ich verstört und schweißnass in meinen Laken auf. – Ich sollte in dieser Nacht keinen Schlaf und im Leben keine Ruhe mehr finden. Meine Gedanken spukten wie Gespenster durch das alte Haus. Und in mir kroch eine böse, böse Erkenntnis herauf." Eine kurze Pause. „Ich bin der Dämon! Ich bin nicht besessen, ich bin der Dämon selbst! Niemand von außerhalb ist schuld an meiner Natur. Es ist in mir selbst gekeimt, gewachsen! Und die Bedrohung aus meiner Umwelt ist größer als je angenommen."

Klaudia zog die Brauen zusammen. War der Mann geisteskrank? – Oder sprach er wieder in Metaphern?

Ein blechernes Seufzen aus dem Hörer. „Ich muss es sagen! Ich muss!"

Eine Pause und dann der Satz, der den Hörer in Klaudias Hand bleischwer zu machen schien:

„Ich habe ein Kind vergewaltigt."

Eine Pause lastete auf ihnen. Einen Moment wusste Klaudia nicht, was sie sagen sollte. Der Mann mit der sympathischen Stimme, der nette, der wohl einsame – ein „Kinderschänder"! Dann sprach sie das aus, was ihr als Erstes in den Sinn kam:

„Ist es … haben Sie es … getötet?"

Die Antwort klang geradezu fassungslos:

„Aber nein! Ich bin doch kein Mörder!"

„Gut …", hörte Klaudia sich murmeln. „Gut … Wann war das?", fragte sie nach.

„Es ist lange, lange her. Sie muss mittlerweile eine Erwachsene sein. Ich habe seit Ewigkeiten nicht mehr mit ihr gesprochen."

Schweigen.

„Was meinen Sie? Was soll ich tun?"

Klaudia versuchte ihre Gedanken zu ordnen.

„Naja", begann sie, „als Erstes ist es wichtig, dass Sie einsehen, dass Sie krank sind, dass etwas in Ihnen gestört ist. Das scheinen Sie ja begriffen zu haben."

„Nun, ‚krank' in dem Sinne …", kam es zweifelnd aus dem Hörer.

Klaudia glaubte, dass dies nicht der richtige Moment war, um mit ihm darüber zu diskutieren. Sofern das überhaupt möglich war. Wenn er auflegte, war er weg, wahrscheinlich für immer und dann konnte sie nichts mehr tun. Ihr Mund fühlte sich trocken an, sie dachte fieberhaft nach.

„Kann man an meinen Trieben etwas verändern?", hörte sie die Frage zögerlich aus dem Hörer.

„Heilbar ist das nicht, aber therapierbar", entgegnete sie. „Sie müssen sich in das Opfer einfühlen, bereit sein sich behandeln zu lassen, sich zu ändern und lernen, wie sie sich in Situationen, bei denen Sie rückfällig werden könnten, zu verhalten haben. Sie müssen in eine äußere Kontrolle eingebunden sein, sich offen an einen Therapeuten wenden ...".

„Das kann ich nicht!", rief der Mann verzweifelt. „Ich kann es keinem sagen! Nur Ihnen! Ich kann es keinem sagen, wenn er mir in die Augen sieht!"

„Überlegen wir erst einmal weiter", entgegnete Klaudia beschwichtigend. „Also: Mit dem Therapeuten müssten Sie über die Veränderungen des eigenen Befindens sprechen."

„Wie lange würde so etwas dauern?", fragte der Mann ängstlich.

Klaudia seufzte, hoffte, dass er jetzt nicht auflegte.

„Na ja, so etwas müsste ein Leben lang sein."

Bei der Formulierung vermied sie bewusst das Wort „lebenslang".

Ein entmutigtes Stöhnen aus dem Hörer.

„Was können Sie mir noch sagen?", fragte der Mann mit einer Stimme, in der die Erwartung weiterer Hiobsbotschaften lag.

Klaudia überlegte. Einige Behandlungen verliefen sehr schwierig. Andere aussichtslos. Das sagte sie ihm nicht.

„Wie alt war denn das Kind?", fragte sie.

„Ist das wichtig?", kam die Gegenfrage.

Der Mann klang nun gestresst, gepeinigt von dem Gefühl, jetzt alles sagen zu müssen, wenn er Hilfe erwarten wollte.

„Ja, denn je näher das Opfer an der Pubertät ist, desto normaler ist die Sexualität des ..., des ... Täters. Die Prognose für ihn ist schlechter, umso jünger das Opfer ist."

Die Antwort des Anrufers ließ sie zusammenzucken:

„Sechs Jahre!"

Das ist ganz übel, schoss es Klaudia durch den Kopf, während sie versuchte, sich auf den Anrufer zu konzentrieren und die grausamen Bilder, die seine Aussagen in ihrer Vorstellung erzeugten, zu verbannen.

„Sind Sie selbst als Kind missbraucht worden?", fragte Klaudia schnell.

„Bitte!"

Der Mann klang flehend. Klaudia merkte, dass es besser war, nicht weiter zu bohren.

„Ich frage nur deswegen: In Situationen, die dem eigenen Missbrauchserlebnis ähneln, kann sich der Drang einstellen, das alles noch einmal zu inszenieren, aber diesmal mit vertauschten Rollen. Diesmal als Stärkerer!", erklärte Klaudia.

Unverständnis ausdrückendes Schweigen von der anderen Seite.

„Nun verstehen Sie mich nicht falsch, Louis, aber die Psychiatrie geht heute davon aus, dass Kindesmissbrauch im Grunde ein Bedürfnis nach Macht ist! Macht dem Schwächeren gegenüber! Schrankenlos!"

Klaudia biss sich auf die Lippen.

„Haben Sie damals spontan gehandelt?"

„Nein!"

Klaudia nickte. Das war meistens der Fall.

„Ich kann auch nicht sagen, dass es ein Versehen war!", fügte der Mann hinzu.

„So etwas ist nie ein Versehen", erwiderte Klaudia.

Schweigen.

„Ich muss jetzt Schluss machen!", sagte der Mann plötzlich. „Sie haben mir sehr geholfen, nur dadurch, dass Sie es jetzt wissen!"

Klaudia wollte etwas sagen, protestieren, doch der Mann hatte bereits aufgelegt. Einen Moment saß sie bewegungslos mit offenem Mund da. Dann sank sie erschöpft in sich zusammen.

4. KAPITEL

„Nicht lange heulen – selber keulen!", rief Professor Theo Riemann theatralisch in den vollbesetzten Seminarraum.

Einige Studenten lachten. Klaudia Kraft saß blass, apathisch an ihrem Tisch, hörte kaum, wie der Professor fortfuhr:

„Glauben Sie mir: Wenn man Menschen die Gelegenheit dazu gibt – für sie moralisch gerechtfertigt –, eine Strafe zu verhängen, Sie werden sich wundern, zu welchen sadistischen Teufelstaten Normalbürger fähig wären, wenn sie sich im Recht und den Angeklagten im Unrecht sehen!"

Jemand stieß Klaudia an. Geistesabwesend drehte sie den Kopf zur Seite.

„Alles okay?", zischte Franziska Adatschie, eine zierliche Asiatin japanischer Abstammung, die sich ebenfalls im Sorgentelefon engagierte. „Du siehst aus, als hättest du einen Geist gesehen."

Klaudia schluckte, ihr Mund fühlte sich trocken an, der metallische Geschmack verschwand ebenso wenig wie der Kloß im Hals.

„Mir geht's gut!", log sie matt lächelnd.

Franziska blickte sie mit ihren Mandelaugen an:

„Belastet Dich irgendwas?", flüsterte sie, als hätte sie Klaudias Antwort gar nicht gehört.

Klaudia schüttelte nur den Kopf, Franziska wandte sich wieder dem Professor zu, schien aber besorgt und äugte immer wieder zu ihr hinüber.

„Mein Vater hat immer gesagt, Strafe muss sein!", rief Steven. „Ich wette, wenn es keine Strafe gäbe, würde die Welt in Chaos und Anarchie versinken!"

Klaudia senkte den Blick. Sie mochte Steven nicht. Sein voller Name lautete Luke Steven

Deep, weswegen ihn einige einfach mit der Kurzform „LSD" ansprachen. Steven, Sohn eines in Deutschland stationierten britischen Offiziers, war ein Querulant und Provokant, der zu Klaudias Bedauern ebenfalls beim Sorgentelefon saß, nur um sich wichtig zu tun, wie sie annahm.

Steven hob die Arme, klimpernde Silberarmbänder umringten seine Handgelenke. Über seinen breiten Oberkörper spannte sich ein schwarzes Heavymetal-T-Shirt. „Also ‚Theoriemann', was meinen Sie?"

Der Professor lächelte mild.

„Zunächst einmal müssen wir eines klarstellen: Nicht jede Strafe ist ein pädagogischer Akt und nicht jeder erziehende Druck ist eine Strafe!"

„Toll!", grölte LSD. „Und was sagt die Theorie zu der harten Praxis?"

„Der Mensch ist von Natur aus gut! – Das sagt der Naturalismus. Doch wie kommt dann das unleugbare Böse in die Welt? Schickt es der Teufel selbst? – Nun, wenn unser Onkel Fritz plötzlich ein Verbrechen begeht, was ist dann passiert? Der Naturalismus nimmt Folgendes an: Verderbnis und böser Wille entstehen nur durch falsche Erziehung. Das bedeutete: Wo immer sich ungeordneter Wille zeigt, handele es sich nicht um Schuld, sondern um Verhaltensirrtümer und um Fehlsteuerungen."

„Nicht lange heulen, selber keulen!", warf Steven dazwischen.

Riemann machte eine offene Geste. „Der Fehler geht nicht zu Lasten von Onkel Fritz, sondern seiner Erzieher. Da er logischerweise nicht schuldig ist, kann er natürlich auch nicht bestraft werden. Aber: Er hat Anspruch auf Therapie!"

Klaudia seufzte, blickte unruhig durch den Raum. „Sie haben mir sehr geholfen, nur dadurch, dass Sie es jetzt wissen!", hatte Louis ihr am Telefon gesagt. Er entlastet, ich belastet, dachte Klaudia kopfschüttelnd. Hatte sie alles richtig gemacht? Was hätte Sie ihm noch sagen sollen? Was sagen können? Sie zitterte. Der aromatische Kaffeeduft aus dem Pappbecher von Lars kam ihr vor wie ein penetranter Gestank.

Vor dem Fenster verdichtete sich der Nebel weiter. Normalerweise konnten sie von hier aus die Pylone der Fleher Brücke sehen sowie die Fassade des nur zwanzig Meter entfernten Nachbargebäudes. Beides weg, unsichtbar, vom

Nebel verschlungen. Fast wie im Halbschlaf registrierte sie Theo Riemanns Worte:

„Ja, ich persönlich bin der Meinung, dass es einen Punkt gibt, an dem die Richter eine Strafe verhängen sollen. Wenn sie keine Strafe verhängen, sollte man die Richter bestrafen!"

5. KAPITEL

Die Strahlen der untergehenden Sonne zerschnitten die watteweichen Wolken über Düsseldorf, bildeten einen langen Riss, durch den das rote Abendlicht quoll. Ein blutiger Schnitt im Himmel, dachte Klaudia und schniefte. Scheiße! Verdammte Scheiße!, wimmerte sie und betastete vorsichtig den eben erst angelegten Verband. Dunkles Blut sickerte durch die hellen Mullbinden, jetzt spürte sie den selbst zugefügten Schmerz, er pulsierte rhythmisch mit ihrem aufgeregten Herzschlag. Abstoßend, abartig bin ich, dachte Klaudia und wandte den Blick von der friedlichen Abendszene vor ihrem heimischen Zimmerfenster ab. Ihre Augen wurden wässrig. Es war dunkel in ihrer kleinen Studentenwohnung. Ich bin wie eine Ratte, die sich vor der Katze tot stellt, verglich sie, tot stellt und erst dann bemerkt, dass sie noch lebt, wenn die Klauen der Katze brutal in sie eindringen. Der Schmerz schreit, dass ich noch lebe. Doch eigentlich existiere ich nur, die Vielzahl von ekelhaften biochemischen Prozessen meines verdorbenen Organismus sind noch nicht verrottet. Wie eine Ratte verkrieche ich mich in mein Loch und hoffe, dass die Dunkelheit meine Narben und Wunden unsichtbar macht, meine innere und äußere Scheußlichkeit verdeckt. Aber warum? Ich habe keine Angst vor dem Tod! Ich habe Angst vor dem Leben! Klaudia schüttelte den Kopf, sank auf einem Stuhl nieder, der vor ihrem kleinen Bistrotisch stand.

Selbstverletzendes Verhalten hat Suchtcharakter, wusste Klaudia. Doch anders als bei normalen Drogen musste der Suchtstoff ihrem Körper nicht von außen zugeführt werden. Bei ihr und allen anderen „Selbstverletzern" bildete der Körper den Suchtstoff selbst: „Glückshormone", Endorphine, körpereigene Substanzen mit der Wirkungsweise von Opiaten. Sie bauen in uns den inneren Druck ab und verdrängen – für kurze Zeit – vorhandene Ängste, Nöte und Schmerzen. Mit der Zeit, das wusste Klaudia aus eigener, bitterer Erfahrung, konnten die Selbstverletzungen häufiger und heftiger werden. Auch sie war längst abhängig geworden, ein abruptes Aufhören ohne Hilfe war unmöglich.

Der Stress macht alles noch schlimmer!, rief es in Klaudia. Das neue Semester, der Wahnsinn des Wetters und dann Louis' Beichte am Telefon über den verübten Kindesmissbrauch. Louis ... War Louis nicht trotzdem der gleiche arme Kerl wie vorher? Einer, der ihre Hilfe brauchte?, flüsterte ihr Gewissen.

6. KAPITEL

Schnee. Über Nacht hatte es geschneit, Düsseldorf in eine beinahe romantische Winterlandschaft verwandelt: Dicke Schneekissen bedeckten die Sitzflächen von Bänken. Laternen trugen weiße Mützen aus Schnee, während Autos mit Sommerreifen über spiegelglatte Straßen schlidderten.

Klaudia hörte das leise Weinen aus dem Hörer, gab der Anruferin etwas Zeit. Eine Krebskranke, dem Tod geweiht. Nach wenigen Sätzen hatte Klaudia erahnt, was die Frau bereits hinter sich hatte und was in der nahen Zukunft noch auf sie wartete. Todkranke durchliefen auf ihrem Leidensweg bis zum Tod meist die gleichen Phasen. Die Anruferin, so nahm Klaudia an, befand sich in der dritten, der Stufe der „Verhandlung", hatte das Schicksal anerkannt, als nicht abwendbar respektiert und „verhandelte nun mit einer höheren Macht". Jetzt entdeckte die Frau die Religion und haderte. Peter Fels, der Religionspädagoge, saß schweigend mit ernstem Gesicht neben Klaudia und hörte über den kleinen Lautsprecher das Gespräch mit. „Ich zünde jeden Tag eine Kerze an!", sagte die Frau gerade schluchzend.

Fels zückte einen Stift und kritzelte auf einem Stück Papier herum, das er dann vor Klaudia auf den Tisch schob. Auf diese Weise tauschten sie bei Telefonaten stillschweigend Tipps aus. Sie nahm es und las: „Soll ich übernehmen?" Klaudia nickte dankbar. Das Gespräch näherte sich der Grenze ihrer Kompetenz.

„Ich höre aus Ihren Worten heraus, dass die christliche Religion in Ihrem Leben einen neuen Stellenwert bekommen hat", spiegelte Klaudia das Gehörte wider. „Ich schlage vor, ich gebe Ihnen die Möglichkeit, mit einem

Religionspädagogen zu sprechen. Wäre das vielleicht hilfreich für Sie?"

Die Frau willigte dankend ein, Klaudia gab den Hörer weiter und wechselte die Raumseite, nahm in der zweiten Telefonkabine Platz.

Noch zehn Minuten, dann musste sie los. Bevor sie an diesem Nachmittag ein Seminar in „Psychologie" besuchte, stand noch ein Krisentreffen ihrer Menschenrechtsgruppe im Terminkalender. Das Telefon klingelte, Klaudia hob ab.

„Guten Tag!", kam zögernd die Stimme aus dem Hörer.

Klaudias Kinnlade klappte herunter. Louis!

„Guten Tag!", erwiderte sie den Gruß, hoffte, dass er ihre zerrissenen Gefühle nicht aus der Stimme heraushörte.

„Nun, nach unserem letzten Gespräch", begann der Mann, „würde ich gerne ins Detail gehen."

Klaudia schluckte. Wollte er etwa vom Kindesmissbrauch erzählen? Sie in diese abgründige Welt entführen?

„Zunächst aber etwas anderes!", fuhr der Mann ungebremst fort. „Ich habe in den letzten Jahren versucht, meine damit verbundenen Ängste gewissermaßen selbst zu therapieren."

Klaudia hörte zu, ihr Herz hämmerte.

„Ich habe mich für eine Methode entschieden, die meinem Wesen entgegenkommt: Darüber zu schreiben, meine Erlebnisse in Texte zu verwandeln, verschlüsselt in Metaphern, die das Getane wohl erträglicher machen."

„Hat Ihnen diese Aufarbeitung geholfen?", erkundigte sich Klaudia.

„Nun", kam die Antwort, „mir geht es unverhohlen schlecht, aber wer weiß, wie es mir ginge, wenn ich nicht dieses poetische Ventil gefunden hätte! Sagen Sie, kennen Sie die heilende Wirkung der Poesie?"

Klaudia wusste nicht, wie sie darauf antworten sollte. Sie hatte davon gehört, gelesen, ja, aber sie war längst keine Expertin!

„Sie meinen die Poesie- und Bibliotherapie?", fragte sie perplex.

„Genau! – Hilfe durch Schreiben und Hilfe durch Lesen!", kam die Antwort blechern aus dem Hörer. „Durch das Lesen von Lyrik. Von Goethe bis Gerhardt, von Heine bis Hahn. Und natürlich durch das eigene Schreiben! ‚Nicht ich, die Dichter haben das Unterbewusste entdeckt', sagte Freud einst."

„Und was haben Sie nun versucht?", wollte Klaudia wissen.

„Dasselbe wie ,Pilenz', der Ich-Erzähler aus Günter Grass' Novelle ,Katz und Maus'. Er wollte seinen besten Freund Mahlke vergessen und schrieb sich seine Probleme von der Seele!"

Klaudias Stirn legte sich in Falten. „Pilenz" war in der Novelle mit diesem Versuch gescheitert! Doch Louis sprach wie in Ekstase weiter, begann zu lesen, rezitierte ohne Pause gleich drei seiner Texte. Klaudia spürte, wie sich ihr Magen verkrampfte. Poetische Ergüsse über sexuell abartige Höhepunkte und Tiefpunkte der menschlichen Seele. Die Gedichte waren Reiseberichte in das Innerste einer kranken Seele, voll surrealer Landschaften und grotesker Gedankenwindungen. Eine unheimliche Expedition ins Unbewusste, dort wo Geschöpfe hausten, die in jenen fatalen Momenten des Missbrauchs an die Oberfläche ausbrachen und in unbegreiflichen, unerbittlichen Taten den Glauben an das Gute im Menschen ins Wanken brachten.

Als Klaudia benommen nach einer Viertelstunde auflegte, fühlte sie sich übel, irgendwie selbst beschmutzt. Einen Moment blieb sie schweigend sitzen. Die Krisensitzung ihrer

Menschenrechtsgruppe fand an diesem ver-
schneiten Herbsttag ohne sie statt.

7. KAPITEL

„Wer hat Angst vorm schwarzen Mann?", rief
Theo Riemann in den Seminarraum, um sogleich fortzufahren: „Steig nie ins fremde Auto
ein, vielleicht sitzt drin ein fieses Schwein und
schaut dir in die Hosen rein!"
Klaudia zuckte zusammen, als ihr einfiel, welches Thema für das heutige Seminar auf der
Agenda stand: Kindesmissbrauch. Ich glaube,
ich werde langsam verrückt, dachte sie schwit-
zend. Das Leben schien sie zu verhöhnen, zu
hassen!
„Wir alle kennen viele nette Leute!", leitete
der Professor gerade ein. „Und plötzlich erfahren wir, dass hinter der gutbürgerlichen Fassade ein ‚Monster' steckt. Aber so leicht ist das
alles nicht! Wenn der nette Onkel von nebenan, den, den jeder hat, den jeder kennt, plötzlich das kleine blonde Mädchen, das immer
auf dem Spielplatz fröhlich im Sandkasten ge-
graben hat, missbraucht – was ist da eigentlich passiert?"

Eine rhetorische Pause.

„Er, der Erwachsene, hat die Liebe, die Abhängigkeit oder das Vertrauen für seine sexuellen Bedürfnisse nach Unterwerfung ausgenutzt! Macht oder Nähe mit Gewalt durchgesetzt! Was geht dann in dem kleinen Kinderkörper vor, in seiner Seele? Lebens- und Entwicklungsgrundlage werden gefährdet, die Seele beschädigt!"

Klaudia musste an Louis denken – und an sein kleines, hilfloses Opfer, das nun erwachsen sein musste, doch gebrochen, gezeichnet fürs Leben. Wer war es? Was war aus ihm geworden?

Riemanns tiefe Stimme lenkte ihre Aufmerksamkeit wieder auf den Vortrag.

„Vielleicht hat der nette Onkel von nebenan eigentlich eine ganz normale Sexualität und verliert ‚nur einmal' die Kontrolle. Vielleicht ist er aber auch einer von denen, deren sexuelle Orientierung nur auf Kinder fixiert ist."

War Louis einer von denen?, fragte sich Klaudia.

„Ein Pädophiler von morgen kann jahrelang Umgang mit Kindern haben, ohne dass es zu sexuellen Handlungen kommt."

Louis war krank. – Oder?

„Wann ist ein Täter wirklich krank?", hörte Klaudia sich entschieden fragen.

„Krank", begann Riemann ernst, „ist er dann, wenn der Missbrauch immer häufiger passiert, wenn der Drang immer stärker und beherrschender wird – wie eine Sucht. Bei schwer gestörten Menschen beherrscht dieser Trieb das gesamte Denken, es existiert nur noch dieser eine Gedanke: Triebbefriedigung! Merken Sie sich eins!"

Riemann blickte in die Runde, nahm mit jedem Kursteilnehmer Augenkontakt auf:

„Sexueller Missbrauch ist nicht eine gewalttätige Form von Sexualität, sondern eine sexuelle Form von Gewalttätigkeit!"

Franziska meldete sich:

„Stimmt es eigentlich, dass Pädophile kein Gewissen haben?"

„Lassen Sie mich an dieser Stelle von ‚Schuldgefühlen' sprechen", stellte Riemann klar. „Die gängige Meinung ist: eher nicht. Ich denke aber, dass dies immer individuell zu prüfen ist."

Klaudia fühlte sich schwindelig, alles begann sich zu drehen, sie war in einem Strudel aus herumwirbelnden Gedanken gefangen, der sie in unendliche Tiefen zu spülen drohte. Sie stand auf und klappte ein Fenster nach hinten. Vor den beschlagenen Scheiben hatte ein Tauwetter eingesetzt. Die Campuswege dampften, der Schnee verwandelte sich in einen schmutzig-grauen, nassen Matsch.

Der Professor kam zum Schluss:

„Und wie so oft beim Missbrauch: ‚Es geschah am helllichten Tag'!"

8. KAPITEL

Die Dämmerung setzte bereits ein, als Klaudia das Fachhochschulgebäude verließ und mit einer Mischung aus staunender Ehrfurcht und ängstlicher Erwartung zum Himmel hinaufsah. Die Schneewolken hatten sich verzogen, schienen geflüchtet zu sein vor dem, was da nun nahte: Über den Pylonen der Fleher Brücke, die sich wie ein umgedrehtes Y hinter den teils entblätterten, orangen Baumkronen erhoben, krochen neue Wolkengiganten heran, ambossförmig, in wilder, stürmischer Bewegung begriffen. Ein stummes Flackern erhellte die dreidimensionalen Wolkengiganten für einen kurzen Augenblick. Die Welt gerät aus den Fugen, dachte Klaudia und wandte sich ab.

Wohin gehen? – Was tun? – Sie war allein an der Wegkreuzung. Ein Niesel setzte ein, ein im Vergleich zur kühlen Luft warmer Sprühregen. Klaudia blieb einen Moment stehen, der feuchte Wind zerzauste ihr langes Haar. Da war irgendetwas in ihr, ein anderes verstecktes Gefühl, das sie in all dem Chaos aus Emotionen überhört hatte. Klaudia atmete flach, die Augen geschlossen und horchte angestrengt in sich hinein. „Nein! Niemals!", entfuhr es ihr, doch sie konnte es nicht leugnen. Verboten, sündhaft erschien ihr dieses scheinbar neue Gefühl, das da in ihrer Seele geschlummert hatte und nun an die Oberfläche, hinaus aus ihrem Unbewussten strebte. Faszination! Eine unmoralische Faszination, ein morbides Interesse an den Abgründen von Louis' Geschichten ... Klaudia schluckte, schämte sich vor sich selbst. Der Wind verstärkte sich, sie torkelte einige Schritte nach vorn, überlegte, was sie nun tun sollte, tun könnte. Vor ihr zeigten die Spitzen eines Campuswegweisers in verwirrend viele Richtungen.

Sie stapfte los, ihre Füße schmatzten und klatschten in dem Schneematsch. Dann piepte ihr Handy, schrill wie ein Wecker. Sie zog es aus der Hosentasche:

„Ja?"

„Klaudia, ich hab ein Problem!", erklang die hohe Stimme von Franziska Adatschie aus dem Hörer.

„Und was ist es?"

Franziska seufzte:

„Ich bin hier beim Sorgentelefon und hab' die Nerven wirklich blank liegen! Erst ruft mich da so ein Typ an und erzählt mir, er habe seine Katze in die Mikrowelle zum Trocknen gesteckt. Und dann ruft alle fünf Minuten jemand an und legt direkt auf, wenn er oder sie meine Stimme hört!"

„Ist Lars nicht da?"

„Nein, den erreiche ich nicht, Petra muss arbeiten, Christina hat Kopfschmerzen und LSD kommt nicht, obwohl er auf dem Plan steht."

Klaudia stöhnte auf.

„Und Peter Fels?"

„Peter ist bis übermorgen auf einer Fortbildung in Bonn."

Auch das noch!, schoss es Klaudia durch den Kopf. Ein Gespräch mit dem Supervisor hätte ihr vielleicht gutgetan, aber das sollte wohl nicht sein.

„Ich komm rüber", hörte sie sich sagen.

Franziska Adatschie hatte bereits ihren blauen Schal um den Hals geschlungen, als Klaudia Kraft den düsteren Raum betrat.

„Danke, du bist ein Schatz, Klaudia!", verabschiedete sich die Asiatin und rief beim Hinausgehen:

„Du hast was gut bei mir!"

Na toll, dachte Klaudia und ließ sich auf einen der gepolsterten Stühle plumpsen, ohne die nasse Jacke auszuziehen.

Nach fünf Minuten saß sie neben dem Telefon, starrte apathisch aus dem Fenster und trank immer wieder von dem dampfendheißen Espresso, den sie sich aufgebrüht hatte. Die Telefone schwiegen. Die Ruhe tat ihr gut. Aus dem kleinen Radio krächzten die Stimmen einer meteorologischen Expertengruppe und des Moderators, die über das Chaoswetter diskutierten. Keine zuverlässigen Prognosen möglich. Weitere Verschlechterungen aber wahrscheinlich.

Das Telefon vor Klaudia klingelte, sie drehte das Radio ab.

„Einen schönen guten Abend!"

Louis! Klaudias Herz pochte schneller. So allein in dem düsteren Raum schien sie seine Präsenz viel stärker zu spüren.

„Schön, Sie endlich zu erreichen", sagte Louis und im gleichen Moment verstand Klaudia: Er war es, der Franziska angerufen hatte, um sogleich wieder aufzulegen! Er hatte mit *ihr* das Gespräch gesucht!

Louis sprach weiter, redete sich scheinbar belangloses Zeug von der Seele. Klaudia vermutete, dass er sich um das eigentliche Problem herumdrückte.

„Letzte Nacht habe ich wieder keinen Schlaf gefunden!", erzählte er. „Ich sah fern und stieß urplötzlich auf eine Sendung über ‚das Monster Mensch'. Können Sie sich vorstellen, wie es ist, wenn Sie da sitzen und das Gefühl haben, der Fernseher redet über Sie, liest den nächtlichen Zuschauern aus Ihrem Tagebuch vor, als sei es das Drehbuch für irgendeine sensationsgeile Doku?"

Klaudia schwieg, ließ ihn weitersprechen.

„Du fühlst dich gehetzt, angeprangert, als müsste es jeden Moment laut an der Tür pochen und der Mob steht draußen und will Lynchjustiz, weil der Pöbel glaubt, nun alles über dich zu wissen, weil er glaubt, nun alles verstanden zu haben!"

Eine kurze Pause, dann:

„Ich habe etwas getan, wofür mich Menschen hassen und verfluchen, ja, ich habe ein Kind missbraucht, ich tat es mehrfach, *ein* Kind, ja."

Schweigen.

Er erwartet wohl, dass ich ihn bestätige, wie ungerecht und ungerechtfertigt solche Sendungen sind, vermutete Klaudia. Doch sie verfolgte eine andere Strategie:

„Sie sagten eben, es kam Ihnen so vor, als ob es gleich laut an der Tür poche und der Mob stünde draußen. In was für einem Umfeld leben Sie denn?"

„Ich hause in einer Geisterstadt!", kam die Antwort. „Meine Lebenswelt löst sich auf, wandert ab. Mein ganzes Dorf stirbt, meine Heimat verschwindet vom Antlitz der Erde. Bald werden alle Menschen fort sein und kein Haus, kein Baum mehr hier stehen!"

Klaudia zog die Stirn kraus. Das klang nun doch alles sehr schizophren!

„Einige der größten Maschinen, die die Menschheit je hervorgebracht hat, bedrohen mein Dorf und werden es schon bald verschlingen."

In Klaudia dämmerte ein Verdacht, dessen eigentliches Ausmaß sich ihr noch nicht erschloss, als der Mann den ersten Teil des Rätsels auflöste:

„Mein Dorf wird von Schaufelradbaggern zerstört, um an die darunterliegende Braunkohle zu gelangen! Ganze Dörfer müssen umgesiedelt werden, die Menschen den Maschinen weichen, damit Strom hergestellt werden kann, damit andere Maschinen etwas zu fressen bekommen!"

Klaudia fühlte plötzlich eine erstaunliche Ruhe in sich, Nervosität wich einer kühlen Bedachtheit. Sie kannte solche Dörfer, war selbst in einem dieser Orte – in Merling – aufgewachsen, bevor sie in die Großstadt aufgebrochen, geflohen war. Doch eine innere Stimme warnte sie davor, Louis das zu verraten.

„Die Reliquien aus der Sankt-Michaels-Kirche haben sie bereits gerettet und fortgebracht."

Sankt-Michaels-Kirche! Klaudias Augen verengten sich. Sprach er etwa von Merling? Dort gab es eine Sankt-Michaels-Kirche! – Aber sie glaubte, dass es wenige Kilometer entfernt einen weiteren Ort gab, dessen Dorfkirche demselben Heiligen geweiht war.

„Eine Ironie!", sagte Louis gerade. „Der heilige Michael soll einst den Teufel in Form eines Drachen bezwungen haben. Nun ist der Teufel zurückgekehrt in Form eines alles vernichtenden Baggers. Nun ist Michael der Unterlegene."

Klaudia schüttelte ungläubig den Kopf, konnte sich nicht vorstellen, dass sie den Ort vielleicht kannte, den Täter kannte, sein Opfer kannte, vielleicht in längst versunkenen Tagen mit ihm gespielt hatte ... Wie in Trance hörte Klaudia zu, bis Louis das Gespräch zum Ende hinlenkte. Dann der Schock, als er sagte:

„Wo heute mein Heimatdorf Merling steht, wird bald nur noch ein Loch gähnen."

9. KAPITEL

Am nächsten Nachmittag erwachten noch einmal für einige Stunden die Erinnerungen an die Lebensart in einem Großstadtsommer: Eine herbstgeschwächte Oktobersonne strahlte auf Düsseldorf und seine Bewohner herab, die binnen kurzer Zeit die Rheinuferprome-

nade und Cafénlandschaft bevölkerten. Die
Luft war mild und windstill, als Klaudia Kraft
in dünnem Jogginganzug und weißen Turn-
schuhen über die Rheinuferpromenade dauer-
lief. Sport, so Dr. Kramer, sei gut für sie, so
könne sie sinnvoll Energie und Wut abreagie-
ren. In gleichmäßigem Tempo, die Atmung dem
Laufrhythmus angepasst, lief sie den flussna-
hen Boulevard entlang. Rechts der breite
Rhein, links die schmucke Häuserzeile aus
dem Gründerzeitalter, mit Cafés und sonnen-
beschienenen Außenterrassen. Die Ufermeile
teilte ein sandiger Streifen, gesäumt von stark
gestutzten Ahornbäumen mit welken Blättern.
Menschen spielten Boccia auf dem Sandstrei-
fen, tranken Cappuccino in den Kaffeebars,
fläzten sich mit dicken Taschenbüchern auf
Treppenstufen.
Düsseldorf, meine heutige Wahlheimat – das
genaue Gegenteil von Merling, meinem unfrei-
willigen Geburtsort, dachte Klaudia zwischen
zwei Atemzügen. Weit vor ihr, da wo ihre
imaginäre Ziellinie verlief, erhob sich die
braun verklinkerte, mit Scheiben aufgehellte
Fassade des nordrheinwestfälischen Landta-
ges, daneben, am Parlamentsufer, spannte

sich die Fahrbahn der Rheinkniebrücke über den Fluss. Die preisgekrönte Architektur des gläsernen Stadttors, die schunkelnden Gehry-Bauten, bunte Hochhäuser des Medienhafens vervollständigten die Kulisse. Und auf all das blickte der erhabene Rheinturm, ein Wahrzeichen der Großstadt, herab.

Düsseldorf: Weltoffen, landespolitisch relevant, urban, dachte Klaudia. Merling: Provinz, dem Fremden gegenüber feindselig, so unbedeutend, dass es die Planer von Braunkohletagebauten einfach von der Landkarte radieren durften. Sie hasste diese Gegend. Missgunst, Missbilligung und Misstrauen regierten in diesem Kaff. Viel verfallene Landwirtschaft, bankrotte Familienbetriebe.

Sie schämte sich für ihre Herkunft. Klaudia Kraft war das jüngste von sieben Kindern, der Abstand zu den älteren Geschwistern zeigte sich nicht nur in den Jahren. Alles gescheiterte Persönlichkeiten: Knast und Klapse, Pleite und Sozialhilfe dominierten die Biographien ihrer Geschwister, die ihr wie Fremde erschienen. Der Apfel fällt nicht weit vom Stamm?, dachte Klaudia beim Laufen und beschleunigte mit zusammengebissenen Zähnen, als sie sich an ihre Eltern, ihre „Erzeuger", wie sie sie nannte, erinnerte. Bauern der übelsten Sorte. Habgierig, geizig, streitsüchtig und verbittert. Diese Adjektive assoziierte sie mit den alten, kranken Wesen, die da auf ihrer verwaisten Hofruine vor sich hinvegetierten, schimpfend auf den Tod warteten. Als Kind war Klaudia nicht aufgefallen, dass sie und ihre Familie „anders waren". Nur dass sie nie Geld für Schwimmbad, Kino und modische Kleidung bekam, aber das „war eben so"... Später, seit Ende der Grundschule, waren ihr die Unterschiede bewusst geworden: das Fehlen von Gesprächen, jeder Form der Harmonie und liebevoller Zuwendung. Nur wegen des beharrlichen Einsatzes des angesehenen Dorfbibliothekars, der immer einen großen Einfluss auf ihre Eltern hatte, schickten die sie widerwillig auf das Gymnasium. Dort änderte sich alles. „Ich will so gut wie möglich in der Schule sein und später einmal irgendwo in der Stadt studieren", schrieb Klaudia in der fünften Klasse in einem Aufsatz. Ihre Ziele waren ihr klar. Dann der Ausbruch ihres Selbstverletzens. Ihre Noten verschlechterten sich. Das Abitur schaffte sie nur knapp. Doch sie zog in die Stadt, um zu studieren, all der gekeiften Einwände ihrer Eltern zum Trotz. Ihre Eltern ...

Ob sie den Kinderschänder kannten? Klaudia war sich inzwischen sicher, dass der Mann nicht Louis hieß! Das war nicht mehr als ein Pseudonym! Aber wie hieß er dann? An die Stimme am Telefon konnte sie sich nicht erinnern ... Wer war das Opfer? Ein Bild verfolgte Klaudia bereits den gesamten Nachmittag: das von dem Kind hinter dem Vorhang. Immer hatte sie dieses Mädchen halb hinter dem Vorhang gesehen, allein, immer irgendwie traurig ... Sie wusste, wo es gewohnt hatte, kannte aber seinen Namen nicht. Wer war der Täter? Der Vater von dem Kind hinter dem Vorhang? Täter sind oft die Väter, die Opfer meist die Töchter, wusste Klaudia.

Louis! Wer war er wirklich, wer war sein Opfer? Die Frage drängte sich wieder in Klaudias Bewusstsein, als sie verlangsamte und schließlich stehen blieb, um einige Dehnungsübungen zu machen. Der Täter kam wahrscheinlich aus dem näheren Umfeld des Opfers, das war bei zwei von drei vergewaltigten Kindern der Fall. Eben Väter, Stiefväter, Freunde der Eltern, Verwandte, Nachbarn, Lehrer, der Pfarrer oder auch der Polizist, dein Freund und Helfer. Klaudia schüttelte außer Atem den Kopf. Nur in sechs Prozent der Fälle waren die Täter völlig Fremde! War es der lammfromme Pfarrer von Sankt Michael gewesen? Der herzensgute, mit der etwas zu hohen Stimme, den alle immer mit „Grüß Gott, Herr Pfarrer Gottlieb" grüßen sollten? Nein.

Der freundliche, belesene Bibliothekar Fred Köhler, der viel für Kinder getan hatte? Niemals! Oder der wissbegierige Grundschullehrer Herr Büchner, der noch Jahre später seine einstigen Schützlinge erkannte und mit Namen grüßte? Unmöglich!

Je intensiver die Neigung des Täters, desto mehr erweitert sich der Kreis, in dem er seine Opfer sucht, wusste Klaudia. Es konnten so viele sein und gleichzeitig auch nicht! Aber in den staubigen Gassen, den dunklen Winkeln der Bauernhöfe mit den spitzen Giebeln trieb sich ein Kinderschänder herum. Er lebte zwischen ihnen, den nichts ahnenden, immer wegsehenden Dorfbewohnern, war dabei, wenn gefeiert oder getrauert wurde, schlenderte durch die leeren Straßen des verfallenen, sterbenden Dorfes, grüßte seine Nachbarn, als sei nie etwas

Schlimmes passiert, scheinbar unbeschwert, als habe er sein Gewissen nie belastet.

Klaudia glaubte an den „Wolf im Schafspelz", an den „Netten", vielleicht „Einsamen". Nicht an den Lüsternen, Verwahrlosten, der hinter den Büschen des einzigen Spielplatzes im Dorf lauerte. Nein, die Bestie von Merling war anders. Gerissener. Subtiler. Nur ein kleiner Teil der Täter war so schwer gestört, dass er gezielt auf die Suche geht. Klaudias Atem kam nun wieder langsamer, regelmäßiger.

Sie riss ihre Erinnerungen von den verwitterten Backsteinmauern Merlings los und ließ den Blick zu der imposanten Skyline Düsseldorfs hinüberwandern. Wo hatte der Mann eigentlich die Telefonnummer „ihres" Sorgentelefons her? Franziska Adatschie hatte ausschließlich in Düsseldorf für PR gesorgt! Fragen über Fragen ...

Klaudia lehnte sich an die Uferbrüstung, spähte hinab zu der darunterliegenden Ebene und dem dahinfließenden Rhein. Ein Stück abseits, wenige Schritte vom verschnörkelten Schlossturm entfernt, verbreiterte sich der Uferweg zu einer Terrasse, auf deren Stufen, wie in einem winzigen Amphitheater, eine kleine Menschenmenge Platz genommen hatte. Bei Sonnenschein ein Düsseldorfer Treffpunkt für jedermann: vom Obdachlosen zum Touristen, vom Punker bis zum durchgestylten Modepüppchen. Hier bin ich, hier bleib ich!, schwor sich Klaudia. Merling würde sie nur noch zu zwei Anlässen aufsuchen: den Beerdigungen ihrer Eltern.

10. KAPITEL

„Auf Ihre Eltern möchte ich gleich gerne noch einmal zu sprechen kommen", sagte Dr. Kramer. Seine Stimme klang besonnen wie immer, doch seine Augen spiegelten etwas, was Klaudia noch nie während der Therapie darin gesehen hatte: Unsicherheit, Nervosität, der Blick eines Menschen, der die Bürde trägt, eine Hiobsbotschaft zu verkünden, wie Klaudias psychologisch geschulter Verstand vermutete. Hinter dem Psychiater rannen dicke Regentropfen die Panoramafensterscheibe herunter, wie unzählige Tränen. Klaudia blickte sich unsicher um. Etwas stimmte hier nicht.

„Und wie oft soll ich mir noch mit rotem Filzstift Striche auf den Arm malen?", fragte sie gereizt.

„Nicht länger als nötig", erwiderte Kramer gelassen, „das ist eben Teil der Therapie: Rote Striche auf den Arm zeichnen, um so zu sehen, dass es auch anders geht, als sich den Arm aufzuritzen."

Er beugte sich vor:

„Ich habe den Eindruck, dass irgendetwas seit unserer letzten Sitzung passiert ist, was Sie sehr belastet und Sie mir nicht sagen möchten."

Nichts ist passiert! – Nur, dass mich dauernd ein Kinderschänder aus meinem Heimatdorf anruft! Vermutlich hat er eine meiner Kindheitsfreundinnen missbraucht. Aber davon abgesehen, ist alles beim Alten, schrie es innerlich in Klaudia auf, doch sie sagte nichts. Sie würde Kramer nichts sagen, und sie würde Peter Fels nichts sagen! Das war *ihre* Geschichte! Und im Übrigen: Was hätte sie erzählen sollen? Sie wusste nicht viel. – Noch nicht! Und im Grunde ging sie nur ihrem Ehrenamt nach.

„Alles wie immer!", behauptete sie.

Kramers Miene verriet Skepsis.

„Also, Ihre Eltern wissen von Ihrer Autoaggression nichts", begann er wieder. „Die hätten, so wie Sie sie schildern, auch nichts damit anfangen können und wollen. Und wenn sie sich für Ihr Leiden interessiert hätten, dann vermutlich auf die falsche Weise, denn es darf kein Druck ausgeübt werden, um sich Wunden oder Narben zeigen zu lassen."

„Aber woher kommt das Ganze?", rief Klaudia beinahe flehend. „Ständig muss ich mich verstecken. Letzten Sommer hat so ein blöder Teenager eine meiner Narben gesehen und gefragt, ob ich Satanistin sei!"

Kramer winkte ab.

„Nun, woher kommt das? Wieso schneiden, verbrennen, verbrühen, verätzen, verkratzen sich Menschen? Weshalb reißen sie sich die Haare aus, schlagen sich, oder versuchen sich sogar die Knochen zu brechen? – Es gibt viele mögliche Gründe. Misshandlung in der Kindheit ist eine häufige Ursache."

„Meinen Eltern war ich viel zu egal, als dass sie mich körperlich misshandelt hätten", räumte Klaudia die Theorie aus.

Kramer nickte.

„Schließ' ich auch aus, nach allem, was ich gehört habe. ‚Leiden unter Autorität' können wir deswegen ebenso streichen. Verwahrlosung kommt dem schon näher, denn das wäre auch ein Grund."

„Verwahrlosung ist, glaube ich, noch eine Spur härter als das, was ich erlebt habe", entgegnete Klaudia.

Kramer nickte, schien sich mit jeder Option, die wegfiel, unwohler zu fühlen. Was er dann sagte, drang von weit her zu Klaudia herüber, trat eine Lawine von Gefühlen los, die ihren Verstand überrollte, verschüttete. Bevor sie – umgeben von der Schwärze der hereinbrechenden Ohnmacht – noch registrierte, wie sie vom Stuhl kippte und schmerzhaft, dumpf mit dem Kopf auf den kalten Boden aufschlug, sagte Kramer:

„Auch wenn es irgendwo in Ihr Unbewusstes hin verdammt wurde, wo Sie nichts mehr davon sehen ... Nach allem, was ich im Laufe dieser Therapie von Ihnen gehört habe, glaube ich, dass Sie als Kind sexuell missbraucht wurden."

11. KAPITEL

Der Hagelsturm, der über Düsseldorf wütet, spiegelt brillant mein momentanes Seelenleben wider, dachte Klaudia, als sie aus dem Fenster des Sorgentelefonraums blickte. Dämmerlicht wie am frühen Abend, obwohl es erst Nachmittag war. – Sie war als Kind sexuell missbraucht worden. – Das schien nun sicher, ihr Ohnmachtsanfall bei Dr. Kramer musste so bewertet werden. Und das Schockierendste: Die Wahrscheinlichkeit war ziemlich hoch, dass es der Mann war, der sich hier als „Louis" am Telefon von ihr beraten ließ. Ob sie es *wirklich* gewesen war und vor allem, wer *er* war, das wollte sie nun herausfinden. Sie wartete auf ihn, überzeugt, dass er wieder anrufen würde. Klaudia nahm einen Schluck von ihrem grünen Tee. Grüner Tee, wusste sie, wirkte beruhigend, aber nicht einschläfernd, genau das, was sie nun brauchte. Doch in ihr kochte neben grenzenloser Scham eine unendliche Wut, die drohte aus ihr herauszubrechen. Sie erinnerte sich an einen Gedanken, der ihr durch den Kopf gegangen war, als „Louis" anfangs anrief: *Angenommen, ein Mensch wäre Schuld an meinen Selbstverletzungen ..., was würde ich diesem*

Menschen sagen? Jetzt war der Grund ein Mensch, ihre Selbstverletzung das Resultat des sexuellen Missbrauchs in der Kindheit. Nun musste sie ihm ein Gesicht zuordnen. Klaudia strich sich über den rechten Unterarm. Zwei neue Schnitte, vor nicht einmal 24 Stunden sich selbst zugefügt. Sie knurrte wütend, nippte an ihrem Tee.

Klaudia saß allein hier, alle anderen waren längst geflohen, hatten versucht, vor dem Unwetter nach Hause zu kommen. Auf den Straßen und Bahnhöfen herrschte Chaos, so eine Radiomeldung. Allein sein, das passte Klaudia jetzt sehr gut. So konnte sie ihn in Ruhe mit Fragen entlarven und herausfinden, ob wirklich *sie* es war, die er missbraucht hatte.

Die Telefone schwiegen. Wenige Anrufer bis jetzt. Liebeskummer, Todesfälle, schlechte Gewissen. – Nichts Ungewöhnliches. Klaudia blickte auf die Uhr. Rief er überhaupt noch an? Er befand sich offenbar in einer psychischen Krise ... Und in Krisensituationen, das wusste Klaudia, waren Menschen teils sehr empfänglich für Hilfe, teils nicht. Wenn er gerade so eine nicht empfängliche Phase durchlebte, würde er wohl nicht anrufen! Sie seufzte. Der

Hagel prasselte laut an die Fensterscheiben.
Dann klingelte ein Telefon! Sie hob ab.

„Guten Tag!"

Er war es tatsächlich!

Klaudia spürte ein Kribbeln im Magen. „Louis"
begann zu erzählen von den quälenden Herbst-
tagen, seinen schlaflosen Nächten ...

„Ich schlage Folgendes vor!", unterbrach Klaudia ihn nach einer Weile. „Wir wissen ja beide,
woher die Probleme kommen. Reden wir doch
darüber."

„Aber reden hilft auch nur kurzzeitig", entgegnete der Mann.

Du redest mit mir jetzt über den verdammten
Missbrauch!, schrie es in Klaudia auf, als sie
sich freundlich sagen hörte:

„Das ist doch ein erster, wichtiger Schritt!"

„Nun ja, was wollen Sie denn wissen?", kam die
Stimme des Mannes beinahe ängstlich.

Jetzt nichts überstürzen, befahl sich Klaudia.

„Sie hatten angedeutet, dass es ein Mädchen
war. – Okay. Wann hatten Sie es zum ersten
Mal gesehen?"

Der Mann atmete hörbar aus, dachte wohl
nach.

„Ach Gott, wann war das? ... Ich erinnere mich, ich habe Jenny und Klaudia bei einem Sommerfest am Eisstand stehen sehen, die Münder ganz verkleckert."

Klaudia schluckte einen Kloß herunter. Ihren Namen aus dem Mund des Mannes zu hören war trotz aller böser Vorahnungen ein Schock und dann noch der Name „Jenny"! Das war ihre beste Freundin gewesen. – Sie hatte sich vor wenigen Jahren in der Scheune ihrer Eltern erhängt.

„Welche ...", begann Klaudia mit trockenem Mund, „haben Sie ... vergewaltigt?"

„Nun ... nur die eine ... Klaudia."

Klaudia schloss die Augen.

„Und diese Klaudia haben Sie bei dem Sommerfest zum ersten Mal gesehen?"

„Nein! – Ich hielt sie bereits zwei Tage nach ihrer Geburt auf dem Arm! Es gibt sogar Fotos davon! Eins bei mir, eins bei ihren Eltern."

Klaudia hatte das Gefühl, irgendetwas Schweres laste auf ihrer Brust, raube ihr den Atem. *Ein Foto? Welches?* Es musste irgendwo in einem Schrank verstauben, ihre Eltern hatten nie Fotos von ihr gerahmt und aufgehängt. Wer besaß noch Fotos von ihr? Wer zum Teufel war der Mann?

„Bei dem Fest hatte ich zum ersten Mal dieses ... dieses Bedürfnis. Ich wusste, eine von den beiden musste es sein. Klaudia, die Schöne, Unschuldige ... Liebesbedürftige.“

Klaudia fuhr sich mit der Hand über den Mund. *Wie konnte Sie ihn nur entlarven?*

„Und hatten Sie diesen Gedanken dann öfter?“

„Ja, immerzu.“

„Wo haben Sie sie denn noch gesehen?“

Klaudia fürchtete sich vor der Antwort.

„Jeden Sonntag in der Kirche.“

Klaudia musste sich zusammenreißen, um nicht laut aufzustöhnen. *Pfarrer Gottlieb?* Sie versuchte, sich seine Stimme am Telefon vorzustellen. Dieser Anrufer hatte eine zu tiefe Stimme. Die „klassischen“ Verdächtigen, überlegte sie: Pfarrer Gottlieb, Bibliothekar Köhler, Grundschullehrer Büchner ... Sie beschloss weitere Hinweise zu sammeln.

„Wo haben Sie sie noch gesehen? War sie in Ihrer Kommunionunterrichtsgruppe?“

Schweigen, dann irritiert:

„Nein, ich bin doch kein Pfarrer. Heute gehe ich auch nicht mehr in die Kirche.“

Pfarrer Gottlieb war es also nicht. Gut. Irgendwie beruhigte sie die Erkenntnis.

„Aber Sie haben doch offensichtlich Kontakt mit ihr aufgenommen, oder?"

„Ja."

Klaudia schüttelte den Kopf. Jedes Wort muss ich ihm aus der Nase ziehen!, ärgerte sie sich.

„Was haben Sie denn miteinander unternommen?"

„Sie kam mit vielen anderen Kindern zu den Ferienspielen", antwortete der Mann, der nicht Louis heißen konnte.

Klaudia biss sich auf die Lippen. Sie befand sich an einem weiteren Scheidepunkt: Sie erinnerte sich an zwei Ferienprogramme im Dorf, an denen sie teilgenommen hatte. Das eine hieß „Ferienspaß in Merling", das andere „Spiele für viele". Den „Ferienspaß in Merling" hatte es nur einmal gegeben, organisiert von einer engagierten Elterngruppe, die sich noch im selben Sommer zerstritten hatte. Wenn er zu ihnen gehörte, dann würde es schwierig, denn eine Reihe von Betreuern hatte Kontakt mit den Kindern gehabt. Bei „Spiele für viele" sah es anders aus: Dort fiel der Verdächtigenkreis auf die zwei Organisatoren Köhler und

Büchner. Klaudia erinnerte sich dunkel an die Aktivitäten, die nun aber die einzige Möglichkeit zu sein schienen herauszufinden, um welche Ferienaktion es sich handelte.

„Was haben Sie denn da für die Kinder veranstaltet?", wollte sie wissen.

Der Mann schien keinen Verdacht zu schöpfen.

„Nackig ausziehen und mit dem Gartenschlauch nass spritzen, Kleiderketten bilden, solche normalen Freizeitspielchen, wie es sie bei vielen Kindergruppen gibt. Ich habe noch Filme davon, die ich mir gelegentlich ansehe."

In Klaudia keimte ein düsterer Verdacht, während der Mann fortfuhr:

„Wir gingen zum Tümpel, machten Rallyes …"

Klaudia stellte ihren Verdacht noch einen Moment zurück, ihr war gerade etwas eingefallen.

„Also das Übliche, wie Weidentipis bauen", warf sie ein und hoffte, dass es belanglos klang.

Irritiertes Schweigen. Dann nach einigen Sekunden, die Klaudia endlos erschienen:

„Weidentipis? – Nein, das hatte die andere Gruppe im Dorf angeboten, auf die Idee waren wir nicht gekommen."

Sehr gut!, jubelte Klaudia innerlich. Köhler oder Büchner! Die Elterngemeinschaft hatte Weidentipis angeboten, die beiden nicht. Doch ihr diffuser Verdacht drängte sich ihr wieder auf.

„Wissen Sie, ob der zweite Betreuer auch pädophil war?"

Klaudia dachte an die neckischen Spiele, ausziehen, nass spritzen, filmen. Sie hoffte, dass nicht beide Betreuer Kinderschänder waren. In dem Moment wurde ihr der Fehler bewusst.

„Wieso ‚der Zweite'?", kam die Frage aus dem Hörer.

Oh, nein! Ich hab' mich verplappert!, schoss es Klaudia durch den Kopf. Ihr wurde heiß.

„Sie sagten doch, Sie seien zwei Betreuer gewesen!", behauptete sie mit erstaunlich fester Stimme.

Schweigen, dann irritiert:

„Ach ja, natürlich."

Klaudia entspannte sich wieder etwas.

„War er denn pädophil?"

„Ich bin mir sicher, er war definitiv nicht pädophil", entgegnete der Mann gedehnt. „Ich spüre so etwas."

Büchner oder Köhler ... Klaudia überlegte, wie sie weiterfragen sollte.

„Und zu welchen Anlässen haben Sie sie noch gesehen?"

„Nun, ich tat das, was ich nicht hätte tun brauchen", begann der Mann wieder.

Klaudia beugte sich nervös auf ihrem Stuhl vor.

„Ich half ihr bei den Hausaufgaben."

Klaudia sank in ihren Stuhl zurück, fassungslos. Also Lehrer Büchner, dachte sie. Bis der Mann dann fortfuhr:

„Zweimal die Woche kam sie zu mir in meine Bibliothek."

12. KAPITEL

Dreh um, mach nicht alles noch viel schlimmer!, mahnte Klaudias innere Stimme. Sie zwang sich einmal tief durchzuatmen, blickte wieder aus dem Busfenster: Nebel über den brach liegenden Feldern. Noch ist es nicht zu spät!, überlegte sie und lachte verbittert auf. Es war längst zu spät, ihr Leben war von Bibliothekar Fred Köhler zerstört worden und ihre Eltern mussten das Verbrechen geahnt haben und hatten es offenbar stillschweigend geduldet! Heute würden sie ihr sagen, warum!

Klaudia blickte auf ihre Armbanduhr, planmäßig würde der Bus in zehn Minuten Merling erreichen. Ihre Wut stieg, je näher sie dem Dorf kam. Was für eine bitterböse Ironie! Klaudia erinnerte sich kopfschüttelnd an den Moment, kurz nachdem Köhler ihr sein schändliches Verbrechen gebeichtet hatte: *„Es ist lange, lange her. Sie muss mittlerweile eine Erwachsene sein. Ich habe seit Ewigkeiten nicht mehr mit ihr gesprochen."* Dass er gerade mit *ihr,* seinem Opfer, sprach, erschien ihr jetzt wie der Hohn einer höheren Macht. Klaudias Gedanken rotierten wie ein wütender Wirbelsturm.

Auch wenn sie sich nicht an den Missbrauch und die unmittelbar damit verbundenen Ereignisse erinnerte, konnte sie sich denken, dass es damals Anzeichen gegeben haben *musste,* die selbst ihre Eltern mit dem begrenzten Verständnishorizont besser hätten interpretieren können! – Oder nein, nicht können – *müssen!*

Köhler galt immer als der „Kluge", der „Belesene", der „Wichtige", und er hatte ihr Elternhaus oft besucht. Klar, dachte Klaudia, denn nach dem Missbrauch nimmt der Täter oft

Kontakt zu seinem Opfer auf, um es möglichst nicht mit anderen über das Erlebte sprechen zu lassen. Doch auch das Ungesagte musste eine brutal klare Sprache gesprochen haben: Sie hatte als Erstklässlerin plötzlich wieder eingenässt – vor dem „Fred-Tag", wenn sie sich nicht irrte. Außerdem litt sie seit dem ersten Schuljahr an Schlafstörungen und ständigen Bauchschmerzen, deretwegen ihre Eltern aber nie mit ihr zum Arzt gefahren waren!

Sie schluckte Wut und Ekel herunter, ihr Hals schmerzte. Da war so vieles, es dämmerte nach und nach in ihr herauf, so vieles, was sie nun als stummen Hilfeschrei verstand. – Wie ihr „regressives Verhalten", das Zurückfallen in eine frühkindliche Phase, ein psychischer Abwehrmechanismus: Seit der Grundschule hatte sie sich urplötzlich wieder wie eine Dreijährige verhalten und auch so gesprochen, wenn sie auf dem Arm ihrer Mutter getragen werden wollte. Ihre Mutter ... Die lieblose, raue Frauenstimme dröhnte in ihren Ohren.

Klaudia spürte neue Wut im Bauch, als aus dem Nebel die kantigen Umrisse der ersten Häuser von Merling auftauchten. Nebel, häufig ein Symbol für Übergänge, dachte Klaudia und wusste, dass sie nun in eine sterbende Welt eindrang, die nichts mit den schillernden Glitzerfassaden des lebendigen Düsseldorfs gemein hatte. Wahrscheinlich war seit ihrem letzten Aufenthalt in Merling alles nur noch verfallener, verwahrloster.

Keine Autos am Straßenrand, bemerkte sie. Das ließ vermuten, dass noch mehr Bewohner den Weg in das wenige Kilometer entfernte „Neu-Merling" angetreten hatten. Mit einem Ruck kam der Gelenkbus zum Stehen. Noch kannst du bis zur Endstation mitfahren und von da aus zurück zum Bahnhof!, flehte ihre Vernunft. Der Bus fährt hier nur stündlich!

Ihre Wut entschied. Als die Falttüren sich hinter ihr schlossen und der Bus davonrumpelte, atmete Klaudia tief durch, bevor sie losschritt. Einen Moment verlor sie die Orientierung, dann fand sie sich wieder zurecht. Die Häuserfassaden waren verstaubt, einige Dörfler hatten vor ihrem endgültigen Exodus die Rollläden herabgelassen. Es sah aus, als hätten die Häuser ihre Augenlider geschlossen, schliefen seelenruhig ihrem Ende entgegen. Andere Fenster starrten blind, gardinenlos auf die rissige Straße, die an einigen Stellen von teerschwarzen Streifen geflickt war. Unheimliche Menschenleere, dicker Nebel zwischen den verlassenen, dem Verfall geweihten Häusern. Wie lange bin ich hier nicht mehr gegangen, wie oft früher?, überlegte sie ohne Melancholie. „Pssst!"

Eine Stimme von irgendwo her. Klaudia blieb stehen, sah sich um und versuchte ihre Angst zu verbergen. Gähnende Einfahrten, verrammelte Haustüren, blinde Fenster. Aus dem Schatten eines Eingangs löste sich eine kleine Gestalt, flitzte über die Straße auf sie zu. Dann stand sie auch schon vor ihr.

„Na, wie geht es denn unserem Karriereweib?", zischte die junge Frau, kaum älter als Klaudia selbst.

„Sehr gut, sonst würde ich ja noch hier wohnen!", konterte Klaudia verärgert.

Sie versuchte fieberhaft, sich an den Namen der jungen Frau zu entsinnen. „Miststück", hatte Klaudia sie immer genannt, und das werde ich gleich wohl wieder tun, nahm sie sich vor. Die Schlangenaugen der jungen Frau funkelten sie an. Eine Nachbarin, als Kind konnten sie sich schon nicht leiden, an Klaudias erstem Tag auf dem Gymnasium lief der Neid endgültig über. Als züngle sie, fuhr sie sich mit der Zunge über die schmalen Lippen. Ihr Lispeln verstärkte den Schlangenhabitus nur.

„Unsere kleine Medizinstudentin kann ja nach der Uni als Dorfärztin zurückkommen, wäre das nicht was? Mama erzählt doch immer, wie toll ihre kleine Medizinstudentin inzwischen ist!"

Medizinstudentin? Klaudia ließ sich ihre Irritation nicht ansehen. Dann verstand sie: Ihre Mutter erzählte wohl herum, dass sie Medizin studiere! Das passte zu ihr.

„Nein, in der Großstadt kann ich besser verdienen", schnappte Klaudia und ließ die schlangenhafte Nachbarin einfach stehen. Sollte sie die Geschichte doch glauben!

Als sie das Grundstück ihrer Eltern „Am Rabenacker" erreichte, hätte sie als Außenstehende wohl angenommen, dass hier ebenfalls bereits niemand mehr wohnte. Alte landwirtschaftliche Geräte verrosteten auf einer verwilderten Wiese, die die Maschinen schon bald verschlingen würde. Sie drückte die Klinke. Offen – wie immer.

Ihre Mutter fand sie, den Kopf auf die Schulter gesunken, vor dem alten Kohleherd sitzend.

Einzig ein röchelndes Schnarchen verriet, dass sie noch lebte. Eine der letzten Fliegen des Jahres krabbelte um ihren offenen Mund, unter den Fingernägeln zeichneten sich schwarze Halbmonde ab. Graue Haare, zerzaust, verfilzt. Klaudia schnaubte verärgert.

„Hallo, Mutter!", rief sie, ohne eine Spur von Herzlichkeit.

Die alte Frau öffnete die verklebten Augen. Kein Aufschrecken, eher das Wachwerden einer Person, der egal war, wer warum vor ihr stand. Die beiden sahen sich an. Schweigen.

„Wo ist Vater?", wollte Klaudia dann wissen.

„Vater ist draußen und schlachtet ein Huhn."

13. KAPITEL

„Ich find' das unmöglich von euch!", schimpfte Klaudia, obwohl sie sich wie so oft vorgenommen hatte, ruhig und bedacht das Gespräch mit ihren Eltern zu suchen. Ihr eigentliches Vorhaben, ihre Eltern für den nicht verhinderten Missbrauch zur Verantwortung zu ziehen, war aufgeschoben. Zu groß war der Ärger über das Leugnen ihres wirklichen Studiums, das Leugnen ihres ganzen neuen

Lebens, und damit, im übertragenen Sinn, das Leugnen ihrer Person, ihrer mühsam erkämpften Identität.

Unverständnis in den alten Gesichtern.

„Ihr erzählt dem Miststück aus der Nachbarschaft, dass ich Medizin studieren würde! *Wieso?* Ich studiere Sozialpädagogik, werde darin meinen Abschluss machen und fertig aus!"

„Kind, das ist doch nichts Richtiges!", hielt ihre Mutter dagegen.

Ihr Tonfall klang, als habe Klaudia gerade eine dumme, infantile Forderung gestellt, was sie nur noch mehr ärgerte.

„Es ist euch also mal wieder peinlich, was eure blöde Tochter macht!", fauchte Klaudia.

Bejahendes Schweigen. Klaudia kniff wütend die Augen zusammen, stand auf, um sich in der Küche etwas zu trinken zu besorgen. Sie musste den bitteren Geschmack von Frust herunterspülen, ein Schluck Milch oder Wasser …

Der fast verflogene Geruch von chemischen Reinigungsmitteln, vermischt mit dem von lappigem Gemüse hing in der Küche. Durch das Fenster sah sie die leere Straße. Irgendwo am anderen Ende des Dorfes lag die kleine

Pfarrbibliothek und daneben das Häuschen von Fred Köhler. Was er wohl heute alles vor hat?, fragte sich Klaudia. Ob er versuchte, sie am Sorgentelefon zu erreichen?

Klaudia zog die Kühlschranktür auf. Das sich einschaltende Licht offenbarte ihr eine Reihe Kunststoffdosen, halbleere Flaschen mit undefinierbaren Inhalten. Ein leichter Kompostgeruch quoll ihr entgegen. Klaudia rümpfte die Nase und zuckte zurück, als ihr der säuerliche Gestank aus einer versteckten Milchpackung in die Nase stach. Also doch Leitungswasser. Sie richtete sich auf. Was war das? Ein Pflaumenkuchen? Bei ihren Eltern, mitten in der Woche? Schnell überlegte sie, ob sie irgendeinen Anlass vergessen hatte. Nein. Für sie war der ganz bestimmt nicht, außerdem war sie unangekündigt hierher gereist.

„Wieso der Kuchen?," rief sie ihren Eltern zu. Nur eine indirekte Antwort:

„Unserem Besuch können wir ja gleich erzählen, was du studierst und was du da mit deinem ‚Dingens-Telefon' alles anstellst!", hörte sie die heisere Stimme ihres Vaters.

„Welcher Besuch?"

„Dein alter Freund, Fred Köhler, kommt vorbei!"

Klaudia ließ das Glas vor Schreck ins Spülbecken fallen. *Warum? Warum? Warum?*, fragte sie sich. Sie würgte, lief zur Toilette und erbrach sich.

Sie fühlte sich elend, als sie, die Hand auf der Toilettenbrille aufgestützt, vor der Schüssel kauerte, die Augen gerötet, die Muskeln schmerzend vom Würgen. Wann kam ihr Bus? In fünfundvierzig Minuten! Sie ließ den Blick durch die weiß gestrichene Kammer wandern. Was nun? In einem Winkel, zwischen Wand und Decke, webte eine dicke Spinne ihre Beute in ein weißliches Gespinst ein. Plötzlich das Stimmengewirr vor der Toilettentür. Klaudia horchte: ihre Mutter, ihr Vater und ein anderer Mann – Fred Köhler. Die Stimme aus dem Hörer und die Stimme, die durch die dünne Holztür zu ihr hereindrang – eindeutig die gleiche. Klaudia klappte den Toilettendeckel zu und ließ sich daraufplumpsen. Wie mochte Köhler inzwischen aussehen? Klaudia saß schweigend, erschöpft da, ließ die Schultern hängen. Sie strich sich mit der Zunge über die Zähne, schmeckte den bitteren Gallegeschmack des Erbrochenen. Wäre ich doch nie hierhergekommen!

Zitternd schloss sie die WC-Tür auf und trat in den kühlen Korridor. Fred Köhler stand mit dem Rücken zu ihr einige Schritte weiter in der Küche.

„Da ist die Göre!", erklärte ihre Mutter und zeigte mit dem Finger auf Klaudia.

Köhler drehte sich um. Klaudia erlebte diesen Moment wie in Zeitlupe. Ihr Herz hämmerte heftig. Fred Köhler, der Kinderschänder des Dorfes. Ein hagerer Mann, die inzwischen grau melierten Haare kurz geschnitten. Nickelbrille, braune Augen. Den Rücken etwas gebeugt, als trage er eine schwere, unsichtbare Last auf seinen schmalen Schultern. Die Beine krümmten sich in einer leichten O-Form. Köhler sah Klaudia fröhlich an. Dann hörte sie seine Stimme:

„Guten Tag! Das ist aber eine Überraschung!"

14. KAPITEL

Das ist alles nur ein böser Traum, wünschte sich Klaudia, als Fred Köhler sich neben sie an den gedeckten Tisch setzte.

„Ach, wie lange ist es her, dass wir nicht mehr miteinander gesprochen haben?", begann er.

„Klaudia, mir kommt es vor, als sei es erst gestern gewesen!"

War es ja auch!, dachte Klaudia. Sie hatte Angst, dass er ihre Stimme erkannte, dass er skeptisch wurde. Wenig selbst sprechen, viel erzählen lassen, überlegte sie nervös. Du weißt, was ihn interessiert, nutze das! Doch bevor sie eine Frage formulieren konnte, wandte sich Köhler ihren Eltern zu.

„Ich habe mich kürzlich erst an das Foto erinnert, auf dem ich Klaudia als Baby im Arm halte. Habt ihr das noch? Ich habe es gesucht, aber noch nicht gefunden!"

Ihre Eltern wechselten leere Blicke.

„Welches Foto?"

Köhler lächelte entschuldigend, drehte sich nun wieder Klaudia zu. Sie stocherte lustlos im Pflaumenkuchen herum, traute sich nicht, den Blick zu heben.

„Was bist du für eine attraktive Frau geworden! Vom hübschen Mädchen zur schönen Frau! Unglaublich! Ich erinnere mich noch so gerne an die Ferienspiele, an denen du teilgenommen hast! Erst gestern Abend habe ich mir einen der Super-8-Filme angesehen."

Wut brodelte in ihr auf.

„Wie kommen Sie ausgerechnet jetzt darauf, sich die Filme anzusehen?", wollte sie wissen.

Köhler lachte auf, klang aber verunsichert.

„Weißt du, das war so eine ... eine Art Freundin im Geiste hat mit mir über diese Freizeiten gesprochen."

Freundin im Geiste nennst du das also!, bemerkte Klaudia beinahe belustigt, während Köhler fortfuhr:

„Sie ist sehr nett, eine studierte oder angehende Psychologin."

Fast! Wenn du nicht gewesen wärst, wenn du nicht für deine Triebbefriedigung mein Leben zerstört hättest, wäre ich das wohl geworden!, schrie es in Klaudia auf.

„Sie hat genauso eine Engelsstimme wie du!", stellte Köhler fest.

Jetzt wird's brenzlig, fürchtete Klaudia. Sie spürte, dass ihr Gesicht heiß wurde und rot anlief, hoffte aber, dass dies in dem schummrigen Dämmerlicht des Esszimmers verborgen blieb. Draußen hingen bedrückende Wolken am Himmel. Klaudia konnte sich trotz aller Vorsicht einen zweiten Seitenhieb nicht verkneifen.

„Und was beschäftigt Sie so den ganzen Tag?"

Köhler hielt beim Kauen inne, drehte seinen schmalen Oberkörper in ihre Richtung. Klaudia spürte wieder einen Kloß im Hals. Das war wohl zu viel gewesen!

„Klaudia!" Köhlers Stimme klang verwundert. „Was ist los? Die ganze Zeit siezt du mich! – Fred! Sag Fred zu mir, wie in der guten alten Zeit!"

„Ach ja", flüsterte sie nur.

„Du isst ja gar nichts", bemerkte Köhler mit väterlicher Besorgnis, die Klaudia in der eigenen Familie nie erfahren hatte.

„Ich hab' keinen Hunger."

„Probier doch mal, deine Mutter hat wirklich exzellent gebacken!"

Anstandshalber stopfte Klaudia ein Stück matschigen Kuchen in den Mund, kaute lustlos. Sie hatte keinen Appetit.

„Aber was mir so alles durch den Kopf geht", griff Köhler die Frage erstaunlicherweise wieder auf, „das ist schon bedrückend."

Klaudia hob verwundert den Kopf.

„Unser Dorf stirbt", begann er. „Seit du weg bist, hat sich vieles verändert. Merling hat sich in ein unheilvolles Geisterdorf verwandelt. Bis Weihnachten müssen alle fort sein, nach Neu-

Merling. Auch dort drüben ist es unheimlich: Jeder Baum jung, jedes Haus neu ... Die Bäume sind noch zu klein, um den Staub, der aus dem Tagebau herüberweht, abzuhalten. Auch hier legt er sich vor die Fensterscheiben, verhüllt sie wie ein Leichentuch. Für mich ist das neue Dorf seelenlos, andere sehen darin einen Neuanfang, aber für Bauernfamilien wie euch ist es hart, wenn die seit Generationen von der Familie bestellten Äcker plötzlich einfach weggebaggert werden, und ihr neue Felder bekommt."

„Mit vielleicht viel geringerer Bodenqualität!", warf ihr Vater mit müder Stimme und erhobenem Zeigefinger ein.

„Das neue Merling entstand auf dem Reißbrett der Planer. Keine Kopie des alten, aber der Konzern versucht, die gewachsenen Nachbarschaften nicht auch noch zu zerstören und siedelt sie wieder zusammen an. Sogar die Straßennamen sind dieselben. Autofahrer mit Navigationssystem landen dann manchmal hier, am Ende der Welt in dem sterbenden Dorf."

Klaudia konnte sich kaum auf das Gesprochene konzentrieren, überlegte fieberhaft, was nun gerade in Köhlers Hirn wirklich vor sich ging.

„Die armen Haushunde haben Heimweh, weil sie ihre alten Gassipfade nicht mehr finden können", erzählte er gerade, hob einen Happen Kuchen an den Mund, setzte dann aber appetitlos ab. Das Thema schien ihn tatsächlich sehr zu berühren. Köhler sah sie an.

Was denkt er jetzt? Die Frage quälte Klaudia. Wittert er, dass ich ein falsches Spiel mit ihm spiele?

„Was beschäftigt *dich* denn so?", wollte Köhler nun wissen.

Du beschäftigst mich, du und deine Verbrechen, an denen ich bis heute leide, hätte sie ihm am liebsten ins Gesicht geschrien, doch sie beherrschte sich. Kurze Antworten, er darf nicht länger deine Stimme hören als unbedingt notwendig, überlegte sie.

„Studium", entgegnete sie, als gäbe es darüber nichts zu erzählen.

Köhler blickte sie an, schwieg.

Was hat das zu bedeuten?, überlegte Klaudia und schob sich Kuchen in den Mund, nur um irgendetwas zu tun. Der müde Ausspruch ihres Vaters kam fast wie eine Erlösung:

„Es wird bestimmt gleich wieder regnen", krächzte er.

Klaudia verdrehte die Augen.

„Es scheint bestimmt den ganzen Tag die Sonne!", hielt sie trotzig dagegen.

Köhlers Gesichtsausdruck veränderte sich. Er lächelte:

„Na, dann können wir beide ja einen gemeinsamen Spaziergang wagen", schlug er vor.

Klaudia hätte sich fast an dem halb gekauten Kuchen verschluckt. Bloß nicht!, schoss es ihr durch den Kopf.

„Gerne, aber mein Bus kommt bald, und ich wollte heute Abend noch etwas für die FH, äh … ich meine *Uni,* lernen!"

Köhlers Lächeln verbreitete sich nur noch.

„Wenn du ihn verpasst, dann setzt du dich in mein Auto, und ich fahre dich zum Bahnhof", schlug er vor.

Klaudia fühlte sich wie ein Insekt im Spinnennetz, das sich bei jedem Fluchtversuch, bei jedem Zucken nur noch mehr verfing.

„Ja, geht doch spazieren!", warf ihre Mutter ein. „Wie in alten Zeiten!"

15. KAPITEL

Was will er?, fragte sich Klaudia. Ihr war zum Weinen zumute. Jetzt bin ich mehr als dreimal so alt und trotzdem kann ich mich nicht dagegen wehren, mit ihm zu gehen, stellte sie schockiert fest. Sie blickte hoffnungsvoll zum Himmel. Graue Wolkenriesen.

„Vati hatte bestimmt Recht: Es regnet sicher bald", versuchte sie den Spaziergang abzubrechen.

„Nein, nein!" Köhlers Stimme klang besänftigend. „Das Wetter ist den ganzen Tag schon so, es bleibt trocken."

Klaudia sah sich um. Bauernhäuser. Verwaist, verstaubt, verfallen. Auf einem Grundstück rostete ein alter PKW mit Rundhaube vor sich hin. Ein Scheinwerfer, halb herausgerissen, nur noch an einem Kabel hängend, erinnerte grotesk an ein herausgerissenes Auge, das nur noch an einer Ader hing. Unkraut, einen Meter hoch, verschlang das alte Autowrack mehr und mehr.

„Es ist schon ein Drama", meinte Köhler nach einer Weile, „die Sankt-Michael-Gemeinde bekommt in Neu-Merling nun doch keine neue Kirche."

Klaudia nickte schweigend. Wohin gingen sie überhaupt?

„Noch schlimmer sieht es auf den Friedhöfen aus", fuhr Köhler fort. „Die Toten werden einfach umgebettet. Grausam: Einige alte Särge brechen dabei auseinander. Das ist schlimm für die Angehörigen."

„Schlimm ... ja", brachte Klaudia kleinlaut hervor.

Sie befürchtete zu wissen, wohin sie gingen: auf Köhlers Haus zu! Keine Panik, zu glauben ist nicht wissen, hielt sie sich vor, um sogleich den Bibliothekar zu fragen:

„Wo wollen wir eigentlich hin?"

Köhler blickte sie an, lächelte verschwörerisch:

„Ich will dir etwas zeigen, Klaudia! Es wird dir gefallen! Warte nur ab."

Klaudia schluckte. Sie bogen ab, stiegen eine kleine Einfahrt hinauf und folgten einem überwucherten Weg, den zwei Backsteinmauern alter Scheunen begrenzten. Köhler wies auf ein abseits liegendes Gehöft: ein kleiner Bau, in den dunklen Fensterscheiben sternförmige Löcher.

„Da haben Raudis randaliert", erklärte Köhler wütend. „Wollten wohl auch noch ein Feuerchen legen."

Mit einem Schock bemerkte Klaudia, dass sie allmählich die Orientierung verlor. Panik stieg in ihr auf. Was hatte Köhler vor? Wo führte er sie hin? Ich sollte Brotkrumen streuen, wie Hänsel und Gretel. – Die beiden Kinder, die ihre herzlosen Eltern in den Wald schicken, wo sie der bösen Hexe begegnen, dachte Klaudia nervös, hörte Köhler gar nicht zu. Taschentücher! Sie zog eines aus der Packung, blickte zu Köhler hinüber: Er redete, zeigte gerade in die Richtung vor ihnen. Klaudias Hand schnellte hervor, steckte eines in einen kantigen Mauervorsprung.

„Die Leute in Merling waren immer so offenherzig und freundlich!", sagte Köhler gerade.

Klaudia schwieg. Eine Straße von zu Hause entfernt soll ein Kind misshandelt worden sein, erinnerte sie sich bei Köhlers Worten. – Und das über Jahre! Keiner hat etwas gemerkt. Zwei Straßen weiter soll es bis in die Sechzigerjahre Fälle von Inzest gegeben haben, mit Kindstötung als Folge. Keiner will etwas gesehen haben. Nichts sehen, nichts hören, nichts sagen. Ein Dorf von Affen, dachte sie.

„Vor kurzem bin ich nach Düsseldorf gereist, einen verrückten Tag lang", erzählte Köhler im Plauderton. „Eine irre Stadt! Ein merkwürdiger, eigener Kosmos, dieses Düsseldorf!"

Sie gingen an einer wilden Müllhalde vorüber, erreichten verrostete Bahntrassen. Grüne Pflanzen, die im Wind schwankten, bewiesen, dass hier längst keine Züge mehr entlangratterten.

„Wie weit ist es noch?", quengelte Klaudia wie ein kleines Kind.

„Gleich sind wir da!", versprach Köhler mit geheimnisvoller Stimme.

Klaudia sah sich verzweifelt um. Eine Wildwiese, leicht hügelig mit einigen dunklen Bauminseln. Im Hintergrund ein Hügelkamm, über den eine Baumreihe verlief, deren schwarze Silhouetten wie Scherenschnitte wirkten. Sie konnte sich nur dunkel daran erinnern, einmal hier draußen gewesen zu sein. „Streng verboten" war es immer gewesen. Wegen der Züge, wegen der Geschichten, die man sich mit gesenkter Stimme über die Gegend erzählte. Ammenmärchen hin oder her, Klaudia mochte die Gegend nicht. Schnell stopfte sie ihr letztes Taschentuch in eine Astgabel, hoffte, dass sie es wieder fand und dass Köhler von all dem nichts bemerkt hatte.

„Weißt du", begann er nach einer Strecke des Schweigens, „ich bin ein kranker Mann. Nicht im körperlichen Sinne besonders gebrechlich, doch in meiner Seele liegt vieles im Argen."

Klaudia horchte auf. Was war denn nun schon wieder? Doch dann merkte sie, dass Köhler auf etwas ganz anderes hinaus wollte, als sie dachte.

„Die ‚Schwarzgalligkeit' – sagt dir das etwas?"

„Ja", antwortete Klaudia zerknirscht mit trockenem Mund. „Du sprichst von Melancholie. Früher schoben die Mediziner sie in den Bereich des Abnormen ab, nannten sie im gleichen Atemzug mit Hysterie und Hypochondrie."

„Oh ja!", säuselte Köhler. „Aber ich schäme mich dieser Last nicht, genauso wie ich die bittersüße Qual ihrer Anwesenheit nicht missen möchte. Sie speist das Schöngeistige in mir, füttert meine Fantasie, ist der Schlüssel, der mir das Tor zur Poesie eröffnet. Schon Aristoteles vermerkte, dass alle großen Denker, Wissenschaftler und Künstler Melancholiker gewesen seien."

„Schreibst du irgendwas, Gedichte oder so?", fragte Klaudia und blickte in Köhlers Gesicht.

Seine Mimik zuckte, veränderte sich vom schwärmerischen Strahlen in harte Skepsis.

„Wie soll ich sagen, ... eine Art poetisches Tagebuch", stotterte er, „Memoiren, gefiltert durch die Feder des Dichters. Poetisch veredelte Erinnerungen."

Klaudia nickte. Ihr Instinkt flüsterte ihr zu, besser nicht weiterzubohren. Treib ihn nicht in die Enge, du weißt nicht, wie er dann reagiert!, mahnte sie sich. Köhler versuchte schnell einen eleganten Themenschwenk, weg von seiner Person, hin zu den großen Dichtern und Denkern, deren Lust und Laster.

„Klaus Mann", begann er, „war einer jener Schriftsteller, deren Melancholie in Depression überschlug. Diese beiden Seelenzustände sind nur einen Steinwurf voneinander entfernt. Überhaupt ist die untergründige Traurigkeit in der Literatur oft präsent. Wie ein tiefes Wasser, auf dem man sich treiben lassen kann, jedoch immer auf der Hut sein muss, dass es einen nicht hinabzieht, einen verschlingt!"

Er will ablenken, bemerkte Klaudia und zog es vor, besser zuzuhören, als ihn weiter in Bedrängnis zu treiben.

„Melancholie ist eine schöpferische Quelle, von der sich Anton Tschechow, Stefan Zweig, Georg Trakl und Jean Améry oder auch Ernest Hemingway labten. Oft schlug sich dieser omnipräsente Weltschmerz auch in den schöngeistigen Werken nieder."

Schweigen, nur das Krächzen von Raben unter dem grauen Himmel.

„Der Glückliche fantasiert nie, nur der Unbefriedigte', so Sigmund Freud", erklärte Klaudia nach einer Weile, nur um die drückende Stille zu besiegen. „Freud witterte in der Melancholie eine neurotische Form von Trauer, weil Melancholiker sich an das Verlorene klammern, der Trauernde es aber überwindet."

Köhler strahlte sie an, schien sich endlich verstanden zu fühlen.

„Ja, so ist es mit mir und Merling genauso, du sprichst es aus, als könntest du in mich hineinsehen!"

Klaudia lächelte matt.

„Du wärst eine prima Psychologin geworden", fügte Köhler hinzu.

Der Satz machte Klaudia wütend, doch bevor sie etwas hätte erwidern können, blieb Köhler unvermittelt stehen. Klaudia blickte sich um. Sie befanden sich vor einer gut schulterhohen Hecke. Langsam wickelte Köhler seinen Schal ab. Klaudia schluckte. Was wird das denn wieder?

„Klaudia", sagte er langsam. „Machen wir doch ein Spiel. Ich verbinde dir die Augen. Dann führe ich dich zu dem, was ich dir zeigen möchte."

„Du kannst es mir doch so zeigen", brachte Klaudia hervor.

Ihre Stimme versagte fast. Doch Köhler stand schon vor ihr.

„Bitte! Es tut doch nicht weh!"

Eine plötzliche Übelkeit überkam Klaudia, als er den rauen, grobmaschigen Wollschal um ihre Augen legte. Ein Schwindelgefühl. Das Gefühl keine Luft zu bekommen. Sie atmete den Geruch seines Körpers, den Geruch seines Rasierwassers ein, was in ihr scheußliche Erinnerungsfetzen aufblitzen ließ. Ihr Atem ging schneller. Sie versuchte, durch den Mund zu atmen, nicht diesen abscheulichen Gestank wahrnehmen zu müssen. Ihre Knie wurden weich, drohten unter ihrem eigenen Gewicht nachzugeben. „Vom hübschen Kind zur schönen Frau", hatte er vorhin nicht so etwas gesagt? Was wollte er? Wollte er ihr wehtun? Sie zum Schweigen bringen? Sie für eventuell ganz andere Triebe, die da auch noch in ihm schlummerten, missbrauchen?

Eine sanfte, fast zärtliche Berührung an der Schulter. Schwärze unter der Augenbinde. Sein heißer Atem im Nacken, als er raunte:

„Komm jetzt, Klaudia!"

Die zitternden Hände ausgestreckt wie eine Schlafwandlerin, tastete sie sich mit dem linken Fuß vor. Breiige Erde, ein leises Schmatzen. Sie torkelte weiter, langsam. Raschelndes Gras unter ihren Füßen. „Vorsicht!"

Köhlers Stimme hinter ihr.

Fester Untergrund, leicht abschüssig. Klaudia schluckte, ging weiter. Dann, nach einigen Schritten, wieder weiche Erde.

„Okay", erklang Köhlers sanfte Stimme.

Dann wurde die Augenbinde abgewickelt. Klaudia spürte, dass sie schwitzte. Sie sah sich um. Sie standen nun hinter der Hecke, wohl nur wenige Meter von dort entfernt, wo Köhler ihr die Augen verbunden hatte. Es war eine einsame Gartenanlage, verwahrlost. Dornige

Brombeersträucher überwucherten einen vermodernden Bretterzaun, von dem die weiße Farbe abblätterte. Eine lehmfarbene Laube erhob sich vor majestätischen Tannenbäumen. Klaudia war sich nicht sicher, hier schon einmal gewesen zu sein.

„Und was ist hier?"

Köhler lächelte, trat zur Seite und gab den Blick auf ein etwa schulterhohes Bäumchen mit gelben Blättern frei. Klaudia schüttelte fassungslos den Kopf.

„Dafür sind wir bis hier draußen gegangen?", entfuhr es ihr in plötzlicher Wut.

Köhlers Gesichtsausdruck veränderte sich. Verwirrung, vielleicht etwas Verärgerung über nicht erfüllte Dankbarkeit und Freude.

„Nein … nein, also nicht nur … ich wollte, dass du noch einmal deine schöne Heimat siehst, bevor sie für immer verschwindet", stammelte er. „Das ist ein Apfelbaum. Ich habe ihn im vergangenen Sommer gepflanzt. Als lebendiges Symbol des Trotzes gegen die Bagger."

Klaudia konnte es immer noch nicht fassen, fürchtete aber seinen Zorn auf sich zu lenken, wenn sie nicht mitspielte.

„Ist ja okay", hauchte sie.

Köhler wirkte nun betroffen.

„Dieser Baum ist – das versichere ich dir – der letzte, der in unserer Heimat gepflanzt wurde. – Alles verschwindet. Unser Dialekt stirbt aus, viele Singvögel, die damals die Gegend bewohnten, habe ich nicht mehr gesehen."

Klaudia schwieg. Nur die Krähen krächzten unter dem grauen Himmel.

„Dieser Baum erinnert mich auch an den biblischen Apfelbaum im Paradies, aus dem die Menschen vertrieben wurden", fuhr Köhler melancholisch fort.

„Wurden Adam und Eva ...", begann Klaudia zögernd, nicht sicher, ob sie diesen Einwand hier und jetzt vorbringen sollte, „nicht aus dem Paradies vertrieben, weil sie etwas Verbotenes getan hatten?"

Köhler überlegte schweigend, der Herbstwind heulte über die düstere Landschaft.

„Wie sagte der Kirchenrevoluzzer Martin Luther?", begann Köhler, ohne auf Klaudias Frage einzugehen, „ ‚... und wüsste ich, morgen ginge die Welt unter, so pflanzte ich heute dennoch ein Apfelbäumchen'."

Er sah Klaudia mit einem Blick an, der seinen grenzenlosen Weltschmerz über den unwiderruflichen Verlust seiner Heimat, über das unausweichliche Ende seiner schönen, heilen Welt ausdrückte.

„Wenn meine alten Knochen es zuließen, käme ich öfters hierher", meinte Köhler nach einer Weile. „Obwohl wir beide diesen stimmungsvollen Ort nur sehr selten aufgesucht haben, sind mir hier Erinnerungen an dich in den Sinn gekommen, die scheinbar lange verschüttet waren. Seitdem sind sie meine ständigen Weggefährten.

16. KAPITEL

Als Klaudia Kraft am nächsten Morgen aus einem von Albträumen geplagten Schlaf erwachte, klebten ihre Laken von angetrocknetem Blut. Schwarze Flecken, im Halbdunkel gut sichtbar. Seufzend sank sie in sich zusammen, die Matratze quietschte unter ihrem Gewicht. So oft wie am vorherigen Abend hatte sie sich seit Langem nicht mehr geritzt. Die Mullbinden waren ihr knapp geworden, weshalb sie die Verbände in weniger Schichten um die verletzten Arme gewickelt hatte.

Sie blieb noch einige Momente liegen, lauschte dem rhythmischen Ticken der Uhr, bevor sie sich endlich aufraffte und aus dem warmen Bett kroch. Der Boden ist kalt, bemerkte Klaudia und fröstelte. Nein, nicht nur der Boden fühlte sich kalt unter den Fußsohlen an, auch die Luft war eisig. Sie drehte schnell die Heizung auf und tappte ins Bad, um sich das Blut von der Haut zu waschen.

Während sie appetitlos auf einem Leberwurstbrot kaute, plärrte ihr Radiowecker die Nachrichten herüber:

„Der plötzliche Kälteeinbruch über Nordrhein-Westfalen hat in der Nacht zu chaotischen Verhältnissen auf den Straßen geführt."

Klaudia hielt im Kauen inne, horchte mit halbem Interesse auf.

„In Düsseldorf sorgte Eisregen für spiegelglatte Fahrbahnen in den frühen Morgenstunden. Der Verkehr war teilweise lahm gelegt, es ereigneten sich zahlreiche Unfälle."

Na toll, joggen kann ich dann wohl vergessen, dachte Klaudia und würgte einen Brotbrocken herunter. Ausgerechnet heute, wo ich es besonders nötig habe.

Für den Weg zum Universitätsviertel Düsseldorfs benötigte Klaudia normalerweise etwa dreißig Minuten. An diesem eisigen Morgen sollten es über zwei Stunden werden.

Ein Bein angewinkelt, hing sie auf der dünn gepolsterten Sitzbank. Die Bahn schoss aus dem Dunkel eines U-Bahntunnels hinaus in das kalte, bläuliche Morgenlicht. Klaudia legte den Kopf an die kalte Fensterscheibe. Vor ihr zog das Düsseldorfer Stadtbild vorbei, im Würgegriff der urplötzlichen Kälte heute eine Kulisse des Ausnahmezustands. Immer wieder wischte das orangefarbene Flackern der Warnlampen von Abschleppfahrzeugen durch den Waggon oder das Blaulicht von Polizei- und Rettungsfahrzeugen zuckte auf. Klaudia schloss die Augen. Gefühle, Gerüche, innere Bilder, kurze Szenen wurden in ihr lebendig, entführten sie für unwirkliche Momente von Düsseldorf ins weit entfernte Merling. Die Menschen in aufgeplusterten Daunenjacken drängten sich dichter als sonst in der engen Straßenbahn. Wie soll ich heute den Tag nur überstehen?, fragte sich Klaudia. Ihr war schlecht, das Leberwurstbrot schien in ihrem Magen zu gären. Petra Schläfer stieg zu, ihre

Freundin und Kommilitonin, die sie an den Psychiater Dr. Kramer vermittelt hatte und mit ihm die einzige Person war, die von ihrer Autoaggression wusste. Petra, die selbst schon oft vor Dr. Kramer Platz genommen hatte, erzählte sofort mit weinerlich gequälter Stimme von den Belastungen ihres Nebenjobs in einer Fleischerei. Klaudia hörte kaum zu, fühlte sich unausgeschlafen, gewissermaßen „halb tot". In ihrem Inneren herrschte eine Nacht ohne Morgen.

Unvermittelt lebte sie wieder auf, als ein Gedanke in ihr heraufdämmerte. – Warum nicht? Das, was ihre Seele aufhellte, schien etwas Gutes zu sein! Die Ereignisse anders bewerten: Statt als Bedrohungen, sie als Herausforderungen zu betrachten. Vielleicht war Köhlers Rückkehr in ihr Leben nicht das Ende aller Fortschritte und Besserungen, sondern der Anfang eines neuen Kapitels ihrer Lebensgeschichte, eines, das erst noch geschrieben werden musste.

Täter kehrt Opfer sein Innerstes nach außen, überlegte sie. So eine Chance bekam ein Opfer praktisch nie! Einmal in einer Million Fälle vielleicht! Dies wäre kein Täter-Opfer-Ausgleich, den konnte es hier nicht geben. Aber es war die wohl einmalige Chance, eine Antwort auf die Frage nach dem „Warum" zu bekommen! Er, der Täter, sie, das Opfer. Aber ein Opfer, das in psychologisch-psychiatrischen Fragen geschult war, das mit Expertinnenaugen die Ereignisse betrachten konnte. Sie genoss sein vollstes Vertrauen am Telefon, konnte alles fragen, bekam zu allem eine Antwort. Was dachte Köhler über ihre letzte Begegnung? Was für Gedanken beschäftigten ihn seitdem? Geheimnisse, die er nur seinem schöngeistigen Tagebuch – und *ihr* anvertraute! Sie konnte ihn erforschen, seine Seele sezieren!

Lars Schuler, der plötzlich neben ihr stand, riss sie aus ihren aufrüttelnden Gedanken.

„Kommst du heute zu Soziologie?"

Klaudia blickte ihn einen Moment lang stumpf, überrumpelt an.

„Nein!", entschied sie spontan. „Ich habe Besseres zu tun, als mir irgendwelche Wildwest-Geschichten über Indianerstämme wie Yurok und Sioux anzuhören."

„Wieso?", fragte Lars stirnrunzelnd. „Ich find's auf makabere Weise fast schon lustig. Die Sioux waren so bescheuert! Im Skript steht, dass deren Jungs schon das Vergewaltigen übten, weil es in dieser Kultur hoch angesehen war, Frauen zu vergewaltigen. Wann kann man schon mal so tief in die Abgründe einer Gesellschaft blicken?"

Klaudia, zu neuer Vitalität gelangt, zuckte nur die Achseln. Die Abgründe, in die ich schaue, sind mindestens genauso tief, dachte sie still. Nur mit dem Unterschied, dass diese Geschichten, die ich heute wahrscheinlich wieder hören werde, nicht aus einem weit entfernten Indianervolk stammen, das so längst nicht mehr existiert.

17. KAPITEL

„Wir Menschen würden uns wohl selbst mehr gefährden, als es momentan das Wetter tut!", erklärte der Politikprofessor gerade. „Demokratie als Gefahr? Direkte Demokratie ja! Parlamentarische Demokratie nein!"

Der langhaarige Hochschullehrer legte eine rhetorische Pause ein, ließ den Blick über die hölzernen Stuhlreihen mit den engen Klapptischen wandern. Der Hörsaal war durch den

breitflächigen Zusammenbruch des Verkehrs-
netzes nur rar besetzt.

„Intellektuelle warnen vor der Demokratie!
Sie warnen vor übereiferten Entschlüssen,
unausgegorenen Gedanken, die schnell zu
überstürzten Taten werden. Die Todesstrafe
für Pädophile wäre uns in einer direkten
Demokratie wohl sicher!"

Klaudia wurde bei dem Wort „Pädophile"
wieder aufmerksam. Es verfolgt mich, dachte
sie.

Der Professor leitete elegant zum nächsten
Thema über. Definitionen von Politik, der Name Hannah Arendt fiel. Klaudia konnte sich
nicht konzentrieren.

„Politik bedeutet, im gemeinsamen Handeln
einen Anfang zu finden ..."

Klaudia wippte unkontrolliert mit dem Knie
auf und ab, bis ihr Franziska beschwichtigend
eine Hand auf den Schenkel legte und einen
genervt-bittenden Blick zuwarf. Ich muss hier
raus, merkte Klaudia. Die Vorlesung brachte
ihr in diesem innerlich aufgewühlten Zustand
ohnehin keinen Erkenntnisgewinn. Klaudia
räumte ihren Spiralblock in den Rucksack,

warf den Kuli hinterher und klappte das Schreibbrett zurück.

Als sie den düsteren Gebäudekomplex verließ, und die eisige Kälte an ihr heraufkroch, wusste sie, wohin sie nun musste: zum Sorgentelefon, um sich den Dämonen ihres Peinigers erneut zu stellen.

Glück oder Pech, was auch immer. Es ist Zufall, wenn er anruft, dachte Klaudia. Am anderen Ende der Leitung jammerte gerade eine Frau darüber, dass ihr Mann während des Morgengrauens verunglückt war. Er habe kaum eine Chance, so die Ärzte. Klaudia hörte routiniert zu, musste sich jedoch das ständige Abschweifen ihrer Gedanken eingestehen. Auch ihre Ratschläge stellten sich in diesem Gespräch immer wieder als wenig befriedigend heraus. Köhler …
Er beherrschte ihre Gedanken, ihr Tun, ihr Fühlen. Das tat er bereits seit vielen Jahren, aber nun wusste sie, dass *er* hinter all dem steckte, konnte dem Dämon ihrer krankhaften Selbstverletzungen ein menschliches Gesicht, eine Stimme zuordnen.

Das Telefon schrillte wieder. Klaudias Herz schlug schneller.

„Guten Morgen!"

Es war tatsächlich Köhler!

„Das muss Gedankenübertragung gewesen sein, ich habe gerade an Sie gedacht und ausgerechnet Sie gehen an den Apparat!"

Eigentlich lasse ich gerade meine Politikvorlesung wegen dir sausen, dachte Klaudia verärgert, spürte aber eine merkwürdige Form der Erleichterung in sich aufsteigen. Vorsicht!, mahnte sie sich. Nenn' ihn weiter Louis! Bedenke deine Fragen! Wenn er deine Identität wittert, wären die Folgen unkalkulierbar!

„Amok!", hörte sie Köhlers Stimme, als wollte er ihr eine mögliche Folge eines unbedachten Schrittes vorwegnehmen. „Amok! – Meine Seele läuft Amok!"

Klaudia leckte sich die Lippen. Eine Chance, dezent das Gespräch schnell in die richtige Bahn zu lenken, zu kanalisieren, bevor Köhler in seinen poetischen Ausführungen ausuferte. Sie konnte sich gut vorstellen, dass es die unverhoffte Begegnung mit ihr gewesen war, die sein Leben wieder einmal aus dem Gleichgewicht geworfen hatte. Ähnlich wie es auch ihr ergangen war, nur dass sie an zwei verschiedenen Polen standen.

„Was hat sich denn ereignet, dass Sie so etwas spüren?", fragte Klaudia mit gespielter Unwissenheit in der Stimme.

„Ach, das Leben kann verwirrend sein!", erklang Köhlers Stimme voller Verdrossenheit. „Es gibt vieles, was mich verwundert!"

„Und was zum Beispiel?", hakte Klaudia nach.

„Nun, zum Beispiel, dass ich plötzlich so einer körperlosen Stimme wie der Ihren vertraue!", kam Köhlers überraschende Antwort.

Klaudia zog die Stirn kraus.

„Wie meinen Sie das?"

„Nun ja, ich vertraue Ihnen voll und ganz, obwohl ich doch nichts über Sie weiß! – Was haben Sie zum Beispiel gestern gemacht?"

Klaudia verschlug es die Sprache. Was nun?

„Na ja", stotterte sie los. Panik überfiel sie, Schweiß kroch ihr aus allen Poren.

„Ich, ich ...", dann besann sie sich, „ich habe einen alten Bekannten wieder gesehen, mit dem ich quasi noch eine Rechnung offen habe!"

„Oh!"

Köhlers Stimme klang überrascht. Dann die Frage, die Klaudia völlig aus dem Gleichgewicht brachte.

„Haben Sie ihm vergeben können?"

Klaudias Kinnlade klappte herunter. Sie sprach das Erste aus, was ihr dazu einfiel:

„Ich versuche gerade, ihn zu verstehen."

„Das ist sehr gut."

Köhler fühlt sich wahrscheinlich nun besser, weil er glaubt auch mir einmal zugehört, geholfen zu haben, mutmaßte Klaudia.

„Nun aber wieder zu Ihnen: Was macht Sie so mürbe? War es eine Begegnung?"

Köhlers Stimme klang aufgeregt:

„Ja! Sie sagen es! Eine Begegnung, Sie haben Recht, als hätten Sie in meinen Gedanken gelesen!"

„Was für eine Begegnung?"

„Sie werden es nicht glauben, ich habe *Klaudia* gesehen! Ich weiß nicht, welches der existierenden Adjektive es am ehesten beschreibt", begann Köhler. „Es war wunderbar, unwirklich, unheimlich – ich weiß es nicht!"

„Was haben Sie gespürt?", hakte Klaudia nun nach.

Die sekundenlange Bedenkpause Köhlers erschien ihr unerträglich, dann unsicher seine Stimme:

„Vieles. Sehr vieles, sehr unterschiedliches."

Klaudia schüttelte den Kopf, als sei sie von einer Aufgabe überfordert.

„*Was* denn zum Beispiel?", fragte sie und hoffte, dass er ihre Gefühle, eine groteske Mixtur aus Anspannung, Wut und Wissensdurst, nicht bemerkte.

„Nun, die hellen und die dunklen Gefühle. Zuerst die hellen! Es war eine gewisse Wärme, ein Gefühl, wie sonst nur Sie in der Lage sind, es mir zu geben, in Gesprächen wie diesen. Der Grat zu den dunklen Gefühlen, die ich mir verbieten will, ist nur schmal."

Köhler machte eine kurze Pause, dann:

„Ich wünschte mir, sie sei wieder ein Kind und alles wäre wieder wie einst, als die Welt noch eine andere war. Mit nur einem Unterschied …"

Klaudia horchte auf. Bereute er seine Verbrechen?

„Die Angst danach wäre von mir genommen. – Nein, würde mich erst gar nicht heimsuchen, würde mich nicht dazu zwingen, dem Mädchen zu dem Schock, der in der Natur der Sache liegt, zusätzlich noch die Angst anzutun, die in der *Vertuschung* der Sache liegt!"

Klaudias Atem kam in kurzen abgehackten Zügen. Er sprach nun nicht nur von dem Missbrauch, den er ihr angetan hatte, sondern deutete zum ersten Mal auch an, wie er sie damals zum Schweigen gebracht hatte! Mehr, ich will es wissen! Klaudia spürte diesen Wissensdrang in sich wie eine Sucht. Eine Sucht nach einer Droge, die sie nach der berauschenden Wirkung schnell in eine Hölle aus Qualen, der systematischen Selbstzerstörung, stürzen würde. Dann hörte sie etwas im Hintergrund, was sie zusammenfahren ließ. Eine Stimme! Eine *Kinderstimme*!

„Ich würde gerne weiter reden, aber ich habe noch zu tun. Ich habe nämlich einen kleinen Besucher hier daheim! Ich rufe später wieder an! Wann erreiche ich Sie?"

Klaudia fühlte sich völlig überrumpelt.

„Egal!", brachte sie hervor.

„Um drei?", fragte Köhler.

Klaudia blickte auf die Uhr:

„Ja, okay!"

„Danke, bis dann!"

Er legte auf.

Klaudia atmete hörbar aus. Ihr Körper war angespannt. Hoffentlich lässt er das Kind in Ruhe!, dachte sie in aufkeimendem Unbehagen. Um drei geht es weiter. Sie stand auf, ging zum Waschbecken, um sich etwas Wasser ins Gesicht zu spritzen. Um drei Uhr hätte sie das Seminar „Medienkompetenz in sozialen Berufen" auf dem Stundenplan stehen. Daraus würde jetzt wohl nichts. Zweimal darf ich fehlen, beim dritten Mal bekomme ich den Schein nicht, wusste Klaudia.

18. KAPITEL

Wo soll das alles nur noch hinführen?, überlegte Klaudia Kraft und schüttelte ungläubig den Kopf. Chaos. Verderben. Sie steuerte auf die Untiefen eines Ozeans der Gefühle zu, nein, war von dessen unerbittlicher Strömung erfasst, die sie hinaus ins Ungewisse riss. Ein Ozean voll bizarrer Gefahren. Ich vernachlässige meine Freunde, ich vernachlässige mein Studium, warf sie sich vor. Doch sie konnte nicht anders.

Weil sie spürte, dass es keinen Sinn hatte, in die Politikvorlesung zurückzukehren, saß sie nun in der Cafeteria, um in ihrem zerlesenen Exemplar des soziologischen Standardwerks „Risikogesellschaft – Auf dem Weg in eine andere Moderne" zu lesen. Doch Termini wie „reflexive Modernisierung" oder „Individualisierung" erschienen ihr auf einmal so kryptisch wie die höhere Mathematik der Oberstufe. Nein, nicht das, nicht jetzt. Ablenkung, seichte Unterhaltung. Im Seichten kann man nicht ertrinken. Sie rupfte ein kostenloses Szeneheft aus einem der Ständer und blätterte ruhelos darin. Wann wird es endlich drei Uhr? Noch eine Stunde! Klaudia schob stöhnend das Heft zur Seite, massierte sich die Schläfen, als hätten sie Kopfschmerzen überfallen. Köhler – wenn ich ihn besser verstehen will, muss ich mehr über seine Störung wissen, konstatierte sie, während sie schon wieder ihre Unterlagen zusammenräumte. Sie wusste, was sie als Nächstes zu tun hatte.

Fünf Minuten Fußmarsch über die glitschigen Wege des Campusgeländes entfernt, nahm sie an einem der Lesetische in der Landesbibliothek Platz: ein hohes Gebäude, innen ansprechend gestaltet in seiner hellen Architektur, mit warmen, roten Backsteinen verklinkert. Klaudia klappte den Buchdeckel eines wuchtigen Folianten auf wie eine Schatztruhe. Ein scheinbar unendliches Inhaltsverzeichnis, gedruckt in einer Schriftgröße, die an die Grenzen des Mikroskopischen stieß. Sie überflog angestrengt die Spalten. Ein Atlas der menschlichen Psychologie. Ruhelos, aufgeregt, blätterte sie die pergamentdünnen Seiten durch, fand, was sie suchte. Auf ihren Spiralblock kritzelte sie Schlagwörter und kleinere Zitate. Ihre neu angelegte Wissenssammlung wuchs schnell. Klaudia ignorierte die Tatsache, dass über all den schnell gekritzelten Notizen die ordentliche Überschrift „Politische Bildung" prangte, Überbleibsel aus den Stunden, in denen sie ihre guten Vorsätze noch geachtet hatte.

„Manche Kinder werden über viele Jahre hinweg missbraucht, wobei sich meist während dieser Zeit der Grad der Gewalttätigkeit und die Intensität der sexuellen Übergriffe steigern. Wichtig: Kinder tragen niemals die Verantwortung für einen sexuellen Übergriff!"

Klaudia kritzelte weitere Notizen auf ihren Schreibblock, las, wie in einen Sog geraten, weiter. Dann, irgendwann, blickte sie auf, das erste Mal seit Langem. Den Lesesaal bevölkerten inzwischen Scharen von Studierenden. Klaudia hatte von all dem, was um sie herum geschehen war, nichts bemerkt, das Buch hatte sie wie magisch angezogen. Erschöpft sah sie auf die Uhr. Zehn vor drei. Zeit für meine Verabredung, dachte sie und klappte den Folianten zu.

19. KAPITEL

Zehn – neun – acht … Klaudia zählte die Sekunden rückwärts wie einen Count-down. Sieben – sechs … Aufregung wie vor einem lang ersehnten Date, dachte sie, um sich sogleich dafür vor sich selbst zu schämen. Nein. Das war etwas anderes. Angst und Wut spürte sie bei Verabredungen nicht. Fünf – Vier … Was, wenn er später anrief, jemand anderes ihm zuvor kam, die Leitung blockierte? Drei – zwei – eins … Ein Klingelton ließ Klaudia zusammenfahren. Ihr Schrecken wuchs, als sie bemerkte, dass es ihr privates Handy war, das da schrillte! Was war los? Sie riss es hastig aus der Tasche, blickte fassungslos auf das Display, das in einem warmen Orange aufflackerte. Was für eine Nummer leuchtete dort auf? Klaudia entspannte sich, als sie es sah. „Petra Handy" stand da unter dem Glockensymbol. Einen Moment zögerte Klaudia. Entweder wollte Petra sich mit ihr treffen, um über ihre eigenen Probleme zu sprechen oder sie wollte sich nach Klaudias Befinden erkundigen, weil sie sich Sorgen machte, sie bemerkt hatte, dass etwas im Argen lag. Unsicher darüber, ob sie das Richtige tat, drückte Klaudia auf die Taste mit dem roten Hörer: Auflegen, Petra aus der Leitung werfen, „wegdrücken". Das Display erlosch, das Handy verstummte. Der Akku ist leer, legte sich Klaudia eine Ausrede für später zurecht und schaltete vorsichtshalber das Gerät vollständig ab. Heute Abend würde sie Petra zurückrufen und mit ihr sprechen, ganz sicher. Klaudia stopfte gerade ihr Mobiltelefon in die Hosentasche zurück, als das rote Telefon auf dem Schreibtisch klingelte. Köhler, ganz bestimmt! Klaudia meldete sich und atmete erleichtert auf, als sie seine mittlerweile vertraute Stimme vernahm. „Hallo Fred!", platzte es aus Klaudia heraus. Verblüfftes Schweigen.

Klaudia errötete. Scheiße, Scheiße, Scheiße!, fluchte sie innerlich. Das war der Anfang vom Ende, ganz bestimmt. Das Schweigen hielt an.

„So heißen Sie doch, oder?", versuchte Klaudia aus diesem Sumpf der Tollpatschigkeit zu entkommen.

Das Schweigen hielt weiter an.

„Ich hab' gehört, wie Ihr kleiner Besucher im Hintergrund Sie so genannt hat", log Klaudia schnell.

Dann fiel ihr etwas ein, was ihr hoffentlich nützte, was er bei ihrem Treffen erzählt hatte, als er über seine „Freundin im Geiste" gesprochen hatte.

„Ich bin Psychologin. Das war ein psychologischer Test", erfand sie spontan und spürte das fiebrige Glühen ihrer Wangen. „Ein Test, mit dem ich herausfinden wollte, wie es ist, wenn ich Sie mit unerwarteten Tatsachen konfrontiere."

Köhler schwieg immer noch.

„Na kommen Sie!", versuchte Klaudia es in einem Tonfall, als wollte sie sich nach einem gespielten Streich entschuldigen. „Dass Sie nicht Louis heißen, war mir schnell klar. Am

Sorgentelefon erwartet man so was, und der Name ist hier ja nun wirklich etwas exotisch!"

Gleich legt er auf, schöpft Verdacht, fürchtete Klaudia schon, als Köhler immer noch stumm blieb. Ein Ass hab' ich noch im Ärmel.

„Sie haben den Test mit Bravour bestanden, ich glaube jetzt, dass wir mit diesen Gesprächen wirklich Aussicht auf Erfolg haben."

Schweigen. Dann – nach einer Weile – mit niedergeschlagener Stimme:

„Gut. Gut. Es war nur ein Schock, aber nun geht es mir besser. Nun ist es raus und ich fühle mich besser. – Danke!"

Klaudia atmete auf.

Köhlers Stimmung blieb jedoch von der schockierenden Überraschung getrübt, das hörte sie. Er sprach langsamer, legte längere Pausen ein, suchte oft nach Wörtern. Nur stockend trug er ihr am Telefon ein Gedicht vor, malte mit Wörtern surreale Bilder voller Perversionen und Doppeldeutigkeiten. Klaudia hörte mit einer für sie selbst erstaunlichen Ruhe zu.

„Nun, da war etwas, was mich ... eben aus der Bahn warf", leitete Köhler das Thema um.

Klaudia wurde wieder hellhöriger.

„Die Begegnung", mutmaßte sie.

Schweigen, dann:

„Ja."

Klaudia trommelte nervös mit den Fingern auf dem Tisch herum. Kein weiterer Fehler mehr, dann ist es vorbei, aus, Ende. So viel war sicher.

Köhler erzählte die Geschichte aus seiner Sicht. Von dem „süßen Schrecken", der ihn durchzuckt hatte, den schlafenden, tot geglaubten Gefühlen, die plötzlich wieder erwacht waren. Er berichtete mit einer Mischung aus sachlicher Nüchternheit und schwärmerischer Euphorie von dem Spaziergang, der „gemeinsamen Zeitreise".

„Was denken Sie über Klaudia?", wollte Klaudia wissen.

Köhler atmete hörbar aus. „Was denke ich über sie? Ich denke, ihr Körper ist verdorben."

Klaudia biss die Zähne zusammen, hörte mit wachsendem Zorn und Ekel seine Begründung:

„Früher, da war sie unschuldig rein. Ein Geschenk der Schöpfung. Doch die Pubertät hat sie verdorben, ihr den Zauber des Neuen, Jungen genommen, sie auf wundersame Weise entstellt."

Klaudia schwieg, wartete ab.

„Doch etwas von ihr ist noch so wie damals. –
Die Augen. Sie sind Gucklöcher in die Vergangenheit. Ihr Ausdruck ist gleich schön. Oder ...?
Ich bin mir selbst dabei nicht mehr sicher.
Ihre Farbe: eisblau – stahlblau, Kälte und Härte.
Hinter ihnen in ihrem Hirn liegt etwas verborgen, was neu ist. Sie trägt ein Geheimnis in sich. Sie ist ein Buch mit sieben Siegeln."
„Was glauben Sie, denkt Klaudia über Sie?",
fragte Klaudia, während sie nervös das Spiralkabel des Hörers um den Finger zwirbelte.
Nachdenkliches Schweigen.
„Sie hat mich damals geliebt. Zumindest am Anfang. Und ich habe sie geliebt. Was kann sie für mich empfinden? Ich wollte ihr nie wehtun, sie nie verletzen!"
„Wie brachten Sie Klaudia zum Schweigen?"
Köhler seufzte.
„Das ist eine Geschichte in der Geschichte",
meinte er dann.
„Wir haben Zeit."
„Nun ... Klaudia liebte Märchen. Ich habe ihr unzählige vorgelesen und erzählt. Von ,Rotkäppchen' über ,König Drosselbart', vom ,Kleinen Muck' bis zum ,Tapferen Zinnsoldaten'.

‚Rotkäppchen' war immer ihr Lieblingsmär-
chen."

Das weiß ich alles, durchfuhr es Klaudia.

„Ich habe sie ihr nicht nur unendlich oft vorgelesen, sondern auch in besonderer Atmosphäre, so wie es ihre Eltern nie taten."

Klaudia schluckte, während Köhler fortfuhr.

„Sie war ein cleveres, kleines Mädchen, aber
sie war trotzdem auch sehr leichtgläubig und
ängstlich. Ständig hat sie gefragt, ob es das
alles wirklich gäbe, ob auch in unserem Wald
Wölfe und Hexen lauerten. Ihr eine Geschichte
zu erzählen, die sie zum Schweigen brachte,
war nicht schwer. Ich nutzte ihre größte Angst,
die mir als ihr vertrauter Freund bekannt war."

Klaudia zuckte die Achseln. Welche? Gespenster, Feuer, der Tod, Spritzen, Monster, fremde
Leute? Da hatte es so viel gegeben.

„Und was war es?", hakte Klaudia nach.

„Wie schrieb Michael Ende zum fulminanten
Schluss seiner ‚Unendlichen Geschichte'? ‚Das
ist eine andere Geschichte!'"

Klaudia hätte am liebsten vor Wut mit der
Faust auf den Schreibtisch geschlagen, doch
das passte nicht zu der Rolle der Psychologin,
die sie ihm vorspielte.

„Ist okay", hörte sie sich ruhig sagen. „Sie müssen nicht darüber reden, wenn Sie sich zu schwach dafür fühlen."

Eine Pause.

„Hm ..."

Köhler klang etwas unschlüssig, die kleine Provokation schien zu fruchten, ihn herauszufordern.

„Es ist nur so, ich muss in den Nachbarort, wo eine kleine Bürgerversammlung in Kooperation mit einem Umweltschutzverband tagt."

Klaudia strich sich eine Haarsträhne aus dem Gesicht. Es hatte keinen Sinn mehr, ihn weiter zu locken. Nicht heute.

Köhlers Stimme klang ruhig, entlastet, als er fragte:

„Wie ist eigentlich *Ihr* Name?"

Klaudia fuhr zusammen. Ohne bewusst zu überlegen, hörte sie sich mit erstaunlicher Ruhe antworten:

„Ich heiße Karin."

„Gut, Karin, vielen Dank! Bis zum nächsten Mal! Ich rufe in ... sagen wir zwei Tagen um dieselbe Zeit an!", verabschiedete sich Köhler, als kennten sie sich seit Jahren.

Klaudia hängte ein, massierte ihre Schläfen. Dann stand sie auf, reckte sich und eilte zum Schreibtisch. „Achtung! Wenn ein ‚Louis' oder ‚Fred' anruft", schrieb sie mit dickem Rotstift auf einen Zettel, „und nach einer ‚Karin' verlangt, meint er mich, Klaudia! Er darf auf keinen Fall meinen wirklichen Namen erfahren! Ich habe gemerkt, dass er ein alter Bekannter ist, bei dem der Beratungsprozess zu nichts führen würde, wenn er wüsste, dass wir uns kennen!" Sie spickte den Zettel mit vier Heftzwecken an die Korkpinnwand für wichtige Mitteilungen, so dass er alle anderen überdeckte und unübersehbar war.

Karin, so hatte ihre Lieblingspuppe geheißen. „Wenn ich groß und stark bin", hatte Klaudia Fred einmal erzählt, „will ich genauso sein wie die Puppe."

„Aha!", hatte er geantwortet. „Aber du heißt dann weiterhin Klaudia, oder?"

Sie hatte einen Schmollmund gezogen und überlegt. Und dann geantwortet:

„Du darfst mich dann Karin nennen!"

20. KAPITEL

Der Rest dieses eisigen Tages verging beängstigend schnell für Klaudia. Es kam ihr vor, als sauge man ihr die Zeit aus wie ein Vampir das Blut seines hilflosen Opfers. Gefühlte Zeitraffer. Ungläubig blickte Klaudia auf die Uhr: 21.15 Uhr und nichts geschafft heute. Kaltes, klares Wasser strömte über ihre Arme, als sie sich das Blut von der Haut wusch. Zwei Schnitte, einer auf dem linken Arm, einer auf dem rechten. Vor ihrem Zimmerfenster wölbte sich ein atemberaubendes Firmament über Düsseldorf. Unzählige Sterne funkelten auf die frierende Großstadt herunter, ein Sternenhimmel, kristallklar wie über den Polargebieten.

Das Telefonat mit Petra hatte sich zum Spießrutenlauf der Vorwürfe entwickelt: „Du vernachlässigst mich, die FH, die Menschenrechtsgruppe, deine Freunde, deine Wohnung ..."

Klaudia hatte schnell gemerkt, dass Petra den Streit zwar mit Sachargumenten führte, jedoch eigentlich einen Beziehungskonflikt ausfocht. Petra fühlte sich ihr unterlegen, bevormundet und nun auch noch vernachlässigt. Klaudias Abwesenheit im Hörsaal war der Funken gewesen, der Petra zum Explodieren gebracht hatte.

Zeit heilt alle Wunden, rief sich Klaudia die Binsenweisheit ins Gedächtnis, wohl wissend, wie falsch sie war. Wie geht's weiter? Diese Frage marterte ihr Hirn in diesen Stunden viel mehr als ein entflammter Streit mit Petra Schläfer, die einfach nicht verstehen wollte, dass Klaudia als Borderlinerin Nähe immer wieder als erdrückend erlebte und dass Freundschaft und soziale Kontakte für sie nur bei gleichzeitiger Distanzwahrung möglich sein konnten.

Was tun mit Fred Köhler? Anzeigen? Anschreien, ihm Vorwürfe machen? Anprangern, ihn bloßstellen? Oder einfach abblocken? Klaudia drehte den Wasserhahn zu und trocknete vorsichtig ihre Arme ab. Was auch immer das Richtige sein mochte, was auch immer sie tun würde – es musste bald geschehen, denn so konnte es nicht weitergehen! Wer die Wahl hat, hat die Qual, dachte sie, und ihre Wahlmöglichkeit, so hatte sie irgendwann an diesem viel zu kurzen Tag konstatiert, bestand aus einer unangenehmen Möglichkeit oder einer unangenehmen Alternative. Alles irgendwie unschön, ungeeignet. Anzeigen? Was dann? Polizei, Presse … Vernehmungen, Verhandlungen … Alles müsste sie aus ihrem Unterbewussten ausgraben und restlos an die Öffentlichkeit weitergeben. Eine Schlammschlacht, aus der auch sie nur beschmutzt hervorgehen konnte. Nein.

Ihn anschreien, ihm einen Schock mit seiner und ihrer Enttarnung versetzen? Wozu? Was tat er dann? Rache, Rechtfertigung, alles war denkbar, nichts vorhersehbar. Anprangern? Klaudia schüttelte den Kopf. Siehe Punkt „Strafanzeige", dachte sie verbittert. Abblocken? Würde das etwas Positives bewirken? Ihre Problematik würde dadurch auch nicht geheilt. Und was würde Köhler tun? Im schlimmsten Fall mit jemand anderem vom Sorgentelefon sprechen. Alles schlecht ... Aber wo führte sie der jetzige Weg hin? In jedem Fall bergab. Im Gegensatz zu Köhler – dem ging es besser und besser, er umgab sich mit Kindern. Als tanke er durch die Telefonleitung immer neue Hoffnung, während Klaudia immer ausgesaugter, hoffnungsloser wurde. Köhler in Haft. Der Gedanke drängte sich Klaudia wieder auf. Wenn Köhler nicht nur bestraft, sondern zusätzlich auch therapiert würde, bliebe er wahrscheinlich länger hinter Schloss und Riegel, als die verhängte Gefängnisstrafe eigentlich vorschrieb. Grund dafür wäre eben die Therapie selbst, denn für Täter wie ihn öffneten sich die Türen der Psychiatrie erst dann wieder, wenn die Ärzte eine „positive Prognose" attestierten.

Klaudia ließ sich in ihr viel zu weiches Sofa sinken, das sie in besseren Tagen zusammen mit Petra vor dem sicheren Tod im Sperrmüll bewahrt hatte. Nur Blödsinn im Fernsehen, stellte sie fest und blieb dann doch bei einer Peter-Pan-Verfilmung hängen, einem bunten Bilderrausch aus fabelhaften Figuren, märchenhaften Kulissen und magischen Ereignissen. War der Autor von „Peter Pan" nicht auch pädophil gewesen?, erklang die Frage in Klaudias Hinterkopf und ihr Gedächtnis lieferte die Antwort: Ja, war er. Sie starrte mit gläsernem Blick wie hypnotisiert auf die Mattscheibe. Müdigkeit in allen Gliedern. Irgendwann, sie wusste nicht wann, überwältigte sie Klaudia und ließ sie vor dem Fernseher einschlafen. Ein unruhiger Schlaf ohne Erholung.

21. KAPITEL

„Ich muss wahnsinnig gewesen sein, noch viel verrückter als sonst. Anders ist mein unbeschreiblich leichtsinniges Verhalten nicht zu erklären", schrieb Klaudia Kraft am nächsten Abend in ihr Tagebuch.

An jenem Morgen krochen massige Wolken über den Himmel, der Wetterdienst warnte vor „extremen Hagelschauern". Klaudia konnte sich bei ihrem mageren Frühstück kaum auf die Radiomeldungen konzentrieren. Ein Gedanke beherrschte, bedrängte sie, während über Düsseldorf allmählich die Sonne aufging. Ich muss nach Merling! Antworten auf Fragen kann ich nur dort finden, war sie überzeugt. – Doch nach was sie konkret suchen würde, blieb ihr an diesem Morgen unklar.

Klaudia fühlte sich gerädert wie nach einer durchzechten Nacht, als sie im Zug saß und die Hochhäuser des Bertha-von-Suttner-Platzes am Bahnhof in immer weitere Entfernung rückten.

Sie döste ein, sah in ihrem Traum verstörende Bilder von Köhler. Irgendwann schreckte sie auf. Auf der grün gepolsterten Sitzbank gegenüber saßen zwei ältere Damen, die sie verwundert und irritiert anblickten.

„Nur ein Traum!", versuchte die eine der beiden sie gütig lächelnd zu beruhigen.

Schön wär's, dachte Klaudia.

Eine Stunde später schlossen sich die Falttüren des Gelenkbusses hinter ihr und sie stand erneut auf der leeren Straße von Merling. Und nun? Klaudia zog ihr Handy aus der Tasche, ein kleiner Briefumschlag prangte auf dem Display. Eine SMS. Sie las die Kurzmitteilung: „Kommst du heute zur FH? Gruß Petra". Später werde ich ihr schreiben, dass ich mich schlecht fühle, nahm sich Klaudia vor. Und das wäre im Grunde genommen nicht einmal gelogen. Sie trottete los.

Menschenleere. Ein Miauen hinter ihr. Eine dürre Katze humpelte auf sie zu. Ein Auge verkrustet, eine Pfote fehlte. An ihren schmalen Flanken zeichneten sich deutlich die Rippenbögen ab.

„Du Ärmste!", rief Klaudia und streckte eine Hand aus.

Die Katze fauchte, zeigte ihre langen Fangzähne.

„Ist ja gut, ich weiß ja, keiner kann mich hier leiden!", sagte Klaudia und zog die Hand vorsichtig wieder zurück.

Sie erreichte eine Kreuzung ohne Ampel. Als sie sich dort einmal um die eigene Achse drehte, keinen Menschen sah, sondern nur deren verfallenen Hinterlassenschaften, hatte sie das Gefühl, einen gravierenden Fehler begangen zu haben. Nun war sie hier, der nächste Bus fuhr erst wieder in einer Stunde. – Hoffentlich, wenn kein plötzlicher Hagel oder anderes Unwetter den Verkehr zum Erliegen brachte!

Sie ging weiter. Kein Mensch weit und breit. Klaudia erreichte den Scheitelpunkt einer kleinen Anhöhe, von hier aus konnte sie weit blicken: In der Ferne erkannte sie die hohen Schornsteine eines Kraftwerks. Phallussymbole in der Landschaft, dachte Klaudia. Sie ging weiter. Da! Eine Person, klein, dicklich, mit bunter Kittelschürze. Klaudia hoffte, dass die sie nicht erkennen würde, denn dann würden ihre Eltern spätestens nach fünf Minuten wissen, dass sie sich hier herumtrieb. Im nächsten Moment schlug Klaudia erschreckt eine Hand vor den Mund, als sie die Gestalt erkannte: Es war ihre Mutter! Was macht die denn freiwillig hier draußen?, schoss Klaudia die Frage durch den Kopf, während sie sich in eine Einfahrt drückte. Hier über den alten Hof, dann links den Feldweg entlang und wieder rechts über die Seitenstraße, dann bin ich an der Bushaltestelle, plante Klaudia, während sie über das verfallende Gehöft lief. An der Haltestelle, wusste sie, moderte unter einer mächtigen Linde eine alte Holzbank vor sich hin. Da werd' ich warten, bis ich hier wegkomme! Der Hof kam ihr an diesem kühlen Morgen größer vor als früher. Leere Stallungen, leere Garagen mit knarrenden Holztoren. Sie erreichte ein zylindrisches Silo. Klaudia lief über schlammige Erde, kraxelte eine kleine Böschung hinauf und erreichte den Feldweg. Ein Hupen ließ sie zusammenzucken. Mit auf dem Schotter knirschenden Reifen kam ein PKW nur Zentimeter vor ihren Beinen zum Stehen, die Scheinwerfer glühten wie Augen eines Drachen. Nichts passiert!, stellte Klaudia fest. Doch ihre Beruhigung hielt nicht lange an, als sie bemerkte, dass Fred Köhler im Auto saß.

22. KAPITEL

„Was für ein verrückter Zufall!", rief Köhler, als er aus dem Auto stieg.

„Ja, verrückt", brachte Klaudia mühsam hervor.

„Komm, steig ein!", forderte Köhler sie mit einer freundlichen Geste auf.

Klaudia zögerte. *Steig nie ins fremde Auto ein, vielleicht sitzt drin ein fieses Schwein und schaut dir in die Hosen rein*, hörte Klaudia ihre innere Stimme. Und wie der Warnung zum Trotz setzte sie sich schon mit ruckartiger Roboterdynamik in Bewegung. Was sollte sie sonst tun? „FK" prangte da hinter dem Ortskürzel auf dem Autokennzeichen. FK, Fred Köhler, freier Kinderschänder, dachte sie noch, bevor sie in den Wagen stieg.

Im Inneren des Autos roch es nach Leder.

„Ich bring dich zu deinen Eltern, da wolltest du doch bestimmt hin!", meinte Köhler, während er den rutschigen Wirtschaftsweg entlangsteuerte.

„Nein!", rief Klaudia und hoffte, dass es nicht allzu panisch klang.

Köhler wandte ihr den Kopf zu. Querfalten zerknitterten seine Stirn.

„Du bist nicht wegen deiner Eltern nach Merling gekommen?"

„Nein …"

Klaudia wusste nicht, wie sie das alles erklären sollte, doch Köhler schien bereits seine ganz eigene Begründung gefunden zu haben. Sein Gesicht strahlte:

„Du bist also meinetwegen hierhergekommen!"

Klaudia blieb die Spucke weg.

„Ähh … ja, ganz genau!", presste sie hervor.

„Wie schön, ich hätte ohnehin so gerne wieder einmal mit dir gesprochen", sagte Köhler und bog auf eine rissige Seitenstraße ab.

Morgen um drei Uhr tust du's ja auch wieder, dachte Klaudia. Übelkeit. In ihrem Magen schien sich alle Flüssigkeit zu verfestigen, zu versteinern und einen schmerzhaften Kloß zu bilden.

„Kann ich das Fenster aufmachen?", fragte sie wie ein kleines Kind.

„Klar doch!"

Klaudia kurbelte es herunter und saugte gierig die kühle Herbstluft in sich hinein.

„Heute keine Medizinvorlesung?", fragte Köhler plötzlich.

„Was bitte?" Klaudia verstand erst nicht. „Ja, keine Vorlesung", entgegnete sie dann hastig.

Der Motor verstummte. Fragend blickte Klaudia sich um. Sie standen auf einem gekiesten Parkplatz, vor ihnen verlief eine hügelige Wiese, über die sich ein Weg schlängelte, bis er schließlich in einem schattigen Wald verschwand. Graue Wolkenschleier trieben schnell über den Himmel.

„Wagen wir doch noch einmal eine Zeitreise!", rief Köhler und stieg aus.

Klaudia folgte ihm zögernd. Dünne Nebelschwaden, nicht dichter als die Wölkchen, die entstanden, wenn sie ausatmeten, flogen wie Gespenster, vom Wind getrieben, über die Wiese. Die Geister meiner Kindheit, dachte Klaudia, als ein solcher Nebel sie erreichte.

„Heute zeige ich dir etwas anderes."

„Aber keine Augen verbinden!", protestierte Klaudia und bemerkte, dass sie sich wieder wie ein kleines Mädchen verhielt.

Regression, ein psychologischer Abwehrmechanismus der Angst. Was hab' ich mir bei der Fahrt nur gedacht?, fragte sich Klaudia, als Köhler mit der Hand auf den Wald wies.

„Dahinter, dort liegt das, was dir als Kind die meiste Angst bereitet hat", erklärte er.

Klaudia drehte den Kopf in die Richtung. War das etwa eine makabere Anspielung auf ihr Gespräch am Sorgentelefon? Was meinte er?

Wusste er wirklich über ihr Doppelleben Bescheid?

„Ist es weit?", wollte Klaudia wissen.

„Das schaffen wir schon!", wich Köhler ihr aus.

„Es liegt hinter den Ginstertrieben!"

Ich glaube, ich weiß jetzt, warum ich hierhergekommen bin, erkannte Klaudia. Irgendwo in ihrem Unterbewusstsein, dort, wo auch der Drang, sich die Haut aufzuschlitzen hauste, da, wo das Bizarre, Groteske der menschlichen Natur ein Refugium fand ... dort hatte der irrationale Wunsch gehaust, eine Begegnung wie diese zu haben, vermutete Klaudia. Ihr Bewusstsein konnte diesen Wunsch nicht verstehen, wollte ihn nicht akzeptieren und wehrte sich mit aller Kraft dagegen. Sie gingen den Wiesenweg entlang und erreichten bald den Wald. Ein lichtdurchlässiger Tunnel aus Stämmen, Ästen und Zweigen, manche nur dürr wie Fingerknochen, erhob sich vor ihnen.

„Wie geht's denn deiner Freundin im Geiste?", erkundigte sich Klaudia.

Köhler schwieg einen Moment, schien zu überlegen.

„Gut", behauptete er dann, „morgen rede ich wieder mit ihr."

138

Schweigen.

„Ich hab' mal eine medizinische Frage an dich",
begann Köhler dann wieder.

Klaudia zuckte zusammen. War das ein Test?

Köhler sprach unbeirrt weiter:

„Ich hab' einen Druck im Ohr, seit zwei Tagen,
manchmal auch ein Fiepen, was kann das sein?"

„Warst du damit schon beim Doc?"

„Nein."

Klaudia überlegte. Etwas medizinisch Klingendes erfinden brächte wenig, wenn er anschließend doch einen Arzt konsultierte, andererseits konnte sie sich als Studentin auch einfach irren. Trotzdem.

„Ich muss das nachlesen, Fred! Das wäre als
angehende Ärztin unverantwortlich, dir jetzt
einen Rat zu geben, ohne dich untersucht zu
haben und ohne wirklich fundiertes Fachwissen."

Köhler schien zufrieden:

„Ja, da hast du wohl Recht."

Der Wald ließ neue Bilder in Klaudia aufersteben. Dunkle Szenen, geprägt von Ängsten, Ekel,
Wut und vor allem Hilflosigkeit. Sie erreichten
einen kleinen Abhang. In einem steilen Winkel
fiel die lehmbraune Erde hier gut zehn Meter

in die Tiefe, ein Einfamilienhaus des Dorfes hätte dort unten problemlos hineingepasst. Köhler trat ein Stück weiter vor an die Kante, blieb stehen, blickte hinunter auf Geröll und kopfgroße Steinbrocken, zwischen denen knochige Äste lagen wie Gerippe.

Die Wut, die in Klaudia plötzlich ausbrach, war wie eine unvorstellbare Energie, die in ihr emporschoss, ihre Beine und Arme durchströmte und auf ihre zerstörerische Entfesselung drängte. Köhler einfach töten. Hinabstoßen. Genickbruch, ein schneller Tod. Unfall. Klaudias Hände ballten sich zu Fäusten. Köhler drehte sich zu ihr um. Er blickte ihr in die Augen. Seine Mimik verriet Verwirrung.

„Was ist denn los, Klaudia?"

Das mörderische Gefühl in Klaudia verlosch abrupt. Sie schluckte.

„Nichts."

Köhler nickte.

„Gehen wir weiter. Erinnerst du dich noch daran, wie du diesen Wald als Kind immer genannt hast?", fragte er nach einigen Schritten und fuhr, ohne eine Antwort abzuwarten, fort:

„Rotkäppchenwald! – Hinter den Ginstertrieben habe ich dir oft von ‚Alice im Wunderland' vorgelesen! Charles Lutwidge Dodgson hieß der Autor!"

Moment! Klaudia blieb kurz stehen. Theo Riemann hatte den Namen einmal erwähnt! Da stritten sich doch die Gelehrten, aber einige glaubten, dass dieser Kinderbuchautor ebenfalls pädophil gewesen war!

„Er hat unzähligen Kindern mit seinen Geschichten eine unvergessene Zeit beschert!", fuhr Köhler fort. „Die meisten kennen wohl nur sein Pseudonym: Lewis Carroll!"

Klaudia stockte der Atem. Deshalb „Louis"!

„Er war 30 Jahre alt, als er im Juli 1862 bei einer Bootsfahrt auf der Themse der 10-jährigen Alice Pleasance Liddell und deren Schwester das Märchen von ‚Alice unter der Erde' erzählte."

Und möglicherweise hat er mindestens eine von den beiden missbraucht, erinnerte sich Klaudia bitter. Plötzlich wieder diese unbändige Wut. Ohne es bewusst zu wollen, suchte ihr Blick nach etwas, fand es. Steine. Faustgroß und scharfkantig. Wer würde sie schon verdächtigen, und wer würde sie mit ihren Beweggründen nicht verstehen? Oder noch besser: Sie könnte einfach sagen, dass er sie vergewaltigen wollte. Notwehr! Dass es ein anderes Motiv geben könnte, davon wusste niemand.

„Woran denkst du gerade?", riss sie Köhler aus den Gedanken.

Ohne zu zögern, antwortete Klaudia:

„Daran, wie schön das Leben sein könnte."

Köhler nickte langsam.

„Daran denke ich auch immer."

Schwer schluckte Klaudia aufsteigende Wut herunter. Sie erinnerte sich an eine Formulierung, die Köhler im Zusammenhang mit dem Missbrauch benutzt hatte.

„Denkst du ‚immerzu daran'?", fragte sie.

Köhlers Gesicht wurde nachdenklich, sein Blick ging durch sie hindurch. Geistesabwesend murmelte er dann:

„Ja, immerzu."

Krähen krächzten in den laublosen Baumkronen über ihnen. Köhler und Klaudia gingen weiter, balancierten über einen kleinen, verwitterten Holzsteg ohne Geländer, darunter wanden sich lange, dornige Ranken wie ein Schlangennest.

„Hier gurgelte früher mal ein kleiner Bach entlang!", erinnerte sie Köhler. „Der ist längst ausgetrocknet. Durch den Braunkohletagebau ist der Grundwasserspiegel abgesunken."

„Aha."

„Manchmal kommt es mir vor, als verhöhne mich das Leben", fabulierte Köhler, „als seien die Wege mit Metaphern gepflastert. Denn Freuds Schüler C. G. Jung sah in der Quelle ein Sinnbild der unerschöpflichen geistigen, seelischen Energie. Und auch in mir scheint eine innere Quelle vom Versiegen bedroht. Das Schreiben meines poetischen Tagebuches, von dem ich dir beim letzten Spaziergang erzählt habe, fällt mir immer schwerer."

Köhler wechselte erneut das Thema:

„Was für Bücher liest *du* heute?", wollte er wissen.

„Krimis. Hauptsächlich Agatha Christie. ‚Mord auf dem Nil' ist mein Lieblingsbuch."

„Warum Krimis?"

„Ich habe mich schon vor Jahren dafür interessiert, was in den Köpfen von Mörderinnen vorgeht. Was eine Frau dazu treibt, Mordpläne zu schmieden, wie sich der Wille, einen anderen Menschen zu töten, anfühlt."

23. KAPITEL

Der Wind heulte gespenstisch durch die entlaubten Baumkronen, trieb die Wolkenfetzen schnell über das Land. Wie von einer transzendenten Macht bewegt, oder wie von einer uralten Gewohnheit dazu bewogen, drehte Klaudia den Kopf nach links, als sie eine kleine Anhöhe erreichten. Ginster. Zwei Meter hoch, dornig, undurchschaubar, undurchdringbar. Und mitten darin eine schmale Bresche, wie der Eingang einer Höhle.

„Komm weiter!", rief Köhler, seine Stimme klang anders als sonst. Unbehagen verzerrte sie.

Klaudia ging weiter, doch hing ihr Blick noch immer auf dem dunklen Eingang in das Ginsterdickicht. Es war ihr, als flüsterte ihr jemand zu, warnende Worte, drängende Worte. Köhler ging nun eiliger als zuvor.

„Gleich sind wir da!", versprach er schnell. „Nur noch ein paar Schritte!"

Nach nicht einmal hundert Metern lichtete sich abrupt der Wald. Der graue Himmel breitete sich vor ihnen aus, keine Äste und Zweige mehr, die ihn verdeckten, nichts.

„Eigentlich dürfen wir gar nicht hier sein", erklärte Köhler.

„Wo willst du noch hin?", fragte Klaudia.

Köhlers Stimme durchdrang nun trauriger Pathos:

„Es geht nicht mehr weiter."

Er trat zur Seite und gab den Blick auf eine scheinbar unendliche Kraterlandschaft frei, die hinter einem gigantischen Abgrund vor ihnen begann. Wie das Ende der Welt, eine weite Einöde, tief abfallende Hänge, in denen sie die unterschiedlich braunen Erdschichten erkennen konnten. – Und sie beide am äußersten Zipfel des Waldrandes. Sie waren verschwindend winzig, als sie da standen im Angesicht des unvorstellbar weiten Braunkohletagebaus unter ihnen. Klaudia schluckte, es verschlug ihr den Atem. Vergessen geglaubte Kindheitsängste vor diesem alles verschlingenden, immer näher rückenden Loch, dieses Verderben bringende „Nichts", das sich unaufhaltsam durch die Landschaft fraß, Tiere und Menschen vertrieb und ihre Heimat, ihr Elternhaus für immer zerstören würde. Das, was da vor ihr in die Tiefe abfiel, das war es gewesen, was ihr als Kind immer die meiste Angst bereitet hatte.

Nun erinnerte Klaudia sich. Für einen Moment überwältigte sie der Anblick über die Dimension des Tagebaus, ließ sie sogar fast all ihre anderen Ängste für Sekunden des ehrfürchtigen Hasses auf „das Loch" vergessen. Unvorstellbar ...

„Nur düster-utopische Schriftsteller hätten sich früher Szenarien wie diese ausdenken können: Riesige Bagger, die Dörfer, Felder und Wälder zerstören, um aus der Tiefe der Erde Rohstoffe zu fördern, um damit Energie herzustellen. Stoff für eine Science-Fiction-Story, aber leider schon Realität", murmelte Köhler traurig.

Klaudia war sprachlos. Ihre Eltern hatten ihr immer verboten, die Grube zu sehen. Die Geschichten der Nachbarkinder hatten ihr stets nur Angst gemacht. Natürlich kannte sie Bilder von solchen Tagebauten, aber direkt davorzustehen, den pfeifenden Wind im Gesicht zu spüren, das war etwas ganz anderes. Klaudia ließ den Blick wandern. Ihre Kinnlade klappte herunter, als sie, nur wenige hundert Meter von ihr entfernt, das technologische Ungetüm eines Schaufelradbaggers sah. Er war riesig!

„In nur eine dieser Baggerschaufeln passen spielend 22 Kinder", fuhr Köhler langsam fort.

„Die Kinder aus Merling beziehungsweise Neu-Merling haben eine Besichtigungstour mit dem Kindergarten unternommen. Was sie sehen und verstehen, damit können sie besser umgehen, meinte die Diplom-Geografin, die die Führung leitete."

Köhler legte Klaudia eine Hand auf die Schulter. Sie spürte sie kaum, zu stark war das kindliche Angstgefühl, das durch den Anblick der Mondlandschaft zurückgekehrt war.

„Das Loch wandert", fuhr Köhler mit ruhiger Stimme fort. „Die 13.000 Tonnen schweren Bagger fressen Erde und Sand ab, und die ‚Absetzer' schütten sie am anderen Ende schon wieder auf. Das reicht aber nicht, denn es fehlen ja die ungeheuren Mengen Braunkohleflöze, also kippt der Konzern zum Teil Müll in die Löcher. Über all das kommt zum Schluss der kostbare ‚Lössboden', damit Landwirte wieder Felder bestellen können. Doch das ist erst nach vielen Jahren der Fall. Andere Teile der Restlöcher füllen sie mit Grundwasser, so dass hier ein See entstehen wird, der fast so weit ist wie Niedersachsens größter, aber flacherer See, das Steinhuder Meer."

Klaudia blieb stumm, blickte hinunter, Köhler sprach langsam weiter:

„Es ist wie das Leben nach dem Tod. Zuerst kommt das Sterben, und das ist hier voll im Gange. In wenigen Wochen wird die Stelle, an der wir gerade stehen, verschwunden sein. Zerstört! Einige Pflanzen verschwinden für immer, da der Grundwasserspiegel abgesenkt wird, damit die Gruben nicht volllaufen, wie nach dem Schnitt für eine Operation die Wunde voller Blut läuft. Und das alles nur für Kohle, die einen so geringen Heizwert hat, dass die Verwertungsorte immer in der Nähe sein müssen, da ein längerer Transport unwirtschaftlich wäre."

Klaudia sagte immer noch nichts. Das hier war also der Schrecken ihrer Kindheit, ohne Zweifel. Und es musste irgendeine Verbindung zwischen dieser grausamen Grube und ihrem Schweigen in der Kindheit geben. Aber welche? Ich will hier weg, schoss es ihr durch den Kopf.

„Ich will noch etwas anderes sehen", sagte Klaudia. „Und ich will wissen, was wir früher über dieses Ende der Welt gesprochen haben."

24. KAPITEL

Je näher sie dem Ginster kamen, desto höher und bedrohlicher wirkte er. Klaudia schluckte. Eine Mauer, geflochten aus dornenbewehrten Trieben. Gut zwei Meter ragte der Ginster vor ihr in die Höhe. Nun musste sie nur noch die enge Bresche finden, die in das Innere des dornigen Gestrüpps führte, dorthin, wo sie eine zarte innere Stimme hindirigierte, während eine andere warnte.

„Es zieht bestimmt wieder ein Unwetter herbei!", jammerte nun Köhler, dem Klaudias Vorhaben offenbar überhaupt nicht behagte.

„Ich habe eben an der Grube keine bedrohlichen Wolken gesehen, Fred!", rief Klaudia zu ihm herüber.

Wo war der Eingang in dieses höhlenhafte Ginstergestrüpp? Die Sträucher standen dicht gedrängt wie eine Gruppe grotesker Fantasiewesen, die verschwörerisch die Köpfe zusammensteckten. Da vorne, der Eingang zum Hades, bemerkte Klaudia. Sie trat schüchtern darauf zu.

Die beiden mächtigen Ginstersträucher, die sie links und rechts vor dem Schlupfloch begrüßten, standen da wie riesige Wachposten, bereit, sie in ihr Reich eintreten zu lassen. Klaudia schluckte und wagte einen vorsichtigen Schritt auf die schmale Schneise. Langsam, mit den Fußspitzen tastend, bevor sie auf den Waldboden trat, schlich sie weiter. Köhler folgte ihr mit missmutiger Miene. Ein einzelner dorniger Zweig, biegsam wie eine Peitsche, hielt Klaudia am Ärmel fest, schien sie doch nicht passieren lassen zu wollen. Klaudia riss sich los. Der enge Pfad verschmälerte sich noch mehr. Die stacheligen, hoch aufragenden Wände rückten beklemmend näher. Immer wieder verfing Klaudia sich, zerrten die Äste an ihr. Der Trampelpfad verlief verschlungen labyrinthisch. Abrupt verbreiterte er sich zu einer kleinen Lichtung. Sie standen nun *hinter* den Ginstertrieben.

Klaudia war, als vernehme sie eine leise Melodie von weit her, flüsternd, geheimnisvoll, verschwörerisch. Sie blickte wie in Trance über den unheimlichen Ort, der vor ihr lag. Schwarze Erde, darauf weiße Kiesel wie versteinerte Tränen. Außer dem dornigen Ginster erhoben sich hier auch Bäume, alte, mit mächtigen oberirdischen Wurzelwerken, die sich wie kräftige Tentakel an den schwarzen Waldboden klammerten. Die Rinde tief zerfurcht und verwittert, an vielen Stellen von grünen Mooskissen bedeckt, erkannte Klaudia in ihnen dämonische Grimassen, surreale Wesen des Waldes, unheimlich und uralt. Mythische Geschöpfe, die ihren Weg von diesem unglückseligen Ort in die kranken Fantasien des Fred Köhler gefunden hatten, der sie in gedrechselten Worten in seinen Gedichten verewigt hatte. „Stumme Voyeure", „verschlagene Zeugen", „archaische Wesen", die mit ihren dornigen Verbündeten alles Getane verhüllten, jedes Gesprochene verschluckten.

Klaudia sah Köhler an. Nun standen sie beide wieder hier. Keiner kann uns sehen, keiner kann uns hören, wusste Klaudia. Sie fragte sich, welche Gedanken gerade in Köhler vorherrschten.

„Ich weiß nur noch, dass ich irgendwann einmal hier war", stellte Klaudia fest.

Köhlers Augenbrauen hoben sich fragend.

„Es war unser Refugium hier", begann er. „Ich habe dir immer und immer wieder das Märchen erzählt, das dich wohl am meisten beeindruckt hat. Unser geheimes Märchen. Das, das die Grenzen zwischen Wahrheit und Fantasie überschritt. Unser Leben erinnerte mich manchmal an die ‚Unendliche Geschichte' von Michael Ende."

Klaudia hielt inne. Am Telefon hatte er sich mit einem Zitat von Michael Ende aus der Affäre gezogen, nun schien er es als elegante Einleitung zu nutzen.

„Der Märchenwald, der uns umgab, unsere Heimat davor, alles schien bedroht durch das alles verschlingende ‚Nichts'. Doch Atréju, der Held der ‚Unendlichen Geschichte', versagte uns die Rettung. Du, Klaudia, solltest es sein, die das alles von dem ‚Nichts' erlösen sollte, die das Blatt ein letztes Mal wenden sollte."

Klaudia verstand noch nicht, wie Köhler mit dieser Geschichte erreicht hatte, dass sie über die Verbrechen hinter den Ginstertrieben geschwiegen hatte.

„Die Hoffnung war der Schlüssel zum Tor in die Sicherheit. Nur mit Hoffnung konnten die Menschen etwas gegen die Monster tun, die unsere Heimat, unsere Welt bedrohten. Doch Hoffnung konnten sie nur hegen, wenn sie glaubten. Wenn sie an das Gute im Menschen glaubten. Jede Erzählung über Schlechtes, jede Andeutung auf Schlechtes würde ihren Glauben an das Gute im Menschen erschüttern, ja zum Einsturz bringen. Menschen werden im Leben oft geprüft. Doch wir müssen diese Prüfungen annehmen und den Glauben nicht verlieren, denn dann wäre alles bedroht."

Das war es also gewesen, bemerkte Klaudia schweigend. Das war also mein ängstliches Weltbild: Auf mir lastete scheinbar die ganze Verantwortung. Wenn ich etwas gesagt hätte, hätten die Merlinger ihren Glauben an das Gute im Menschen verloren, und die Bagger hätten uns vernichtet. Der Missbrauch also als eine Prüfung. Wenn ich ihn als etwas anderes begriffen hätte, wäre ich Gefahr gelaufen, den Glauben an das Gute im Menschen zu verlieren und somit Merling der Bedrohung auszusetzen. Ein perfider Plan Köhlers, der offenbar aufgegangen war!

Klaudia wurde übel. Sie blickte auf die hohen, undurchdringbaren Ginsterbüsche. Ihre kindlichen Hoffnungen schienen in ihnen verendet zu sein wie junge Vögel, die in die Dornen geraten und dort elendig sterben. Alles begann sich zu drehen. Der Ginster verwischte, raste um sie herum, schien Klaudia in einem Strudel zu fangen. Dann Schwärze. Doch keine völlige

Ohnmacht, sie fühlte krümelige Erde unter ihren Wangen. Hände an ihrem Körper. Köhler. Seine Stimme: *„Klaudia, nicht schon wieder! Der Gedanke, dich getötet zu haben, reicht einmal im Leben!"* Offenbar glaubte er, sie sei völlig ohne Bewusstsein.

Kalte, zittrige Hände in ihrem Gesicht. Atem auf ihrer Stirn, Köhler beugte sich wohl über sie, legte ein Ohr über ihre Nase und Mund, wollte wissen, ob sie noch atmete. Seine Bartstoppeln an ihrer Haut, rau wie Schmirgelpapier. Sie schlug die Augen auf. Köhler war direkt über ihr! Etwas Festes kroch in ihrem Hals hinauf, hart wie ein riesiger Wurm. Mit herausquellenden Augen erbrach sich Klaudia auf den Waldboden. Köhler hockte neben ihr, schweißnass.

„Lass uns von hier verschwinden!", drängte er.

25. KAPITEL

Klaudia Kraft fühlte sich elend, vielleicht wie ein Kriegsrückkehrer aus einem der Werke Borcherts. Mit wässrigen Augen starrte sie aus dem Zugfenster, vor dem eine düstere Landschaft vorbeirollte. Sie saß allein in dem Wag-

gon, einem alten Abteil, grün gepolsterte Sitz-
bänke, die Wände beschmiert, das Fenster
stumpf. Nach ihrem Zusammenbruch hatte
Köhler sie eilig bis zu dem gekiesten Parkplatz
begleitet und sie schnell zum Bahnhof gekarrt.
Kurz vor der Verabschiedung unter grauen,
regenschweren Wolken ein letzter Schreck:
„Klaudia, bitte gib mir deine Telefonnummer!"
Eine Schocksekunde, dann besann sich Klaudia,
wohl wissend, was es bedeuten würde, wenn
Köhler sie anrief, wenn Köhler ihre Stimme am
Telefon hörte.
„Fred, ich wohne in Düsseldorf, und da habe
ich leider kein Telefon."
Köhler konnte es nicht glauben.
„Aber doch ein Handy!", hielt er fassungslos
dagegen.
Klaudia hoffte inständig, dass ihr Mobiltelefon
nicht just in diesem Moment losschrillte, als
sie log:
„Dafür habe ich kein Geld, Fred. Du weißt, dass
mich meine Eltern nicht unterstützen."
Köhler zog prompt sein Handy aus der Tasche,
Klaudia hätte nie damit gerechnet, dass er
überhaupt eines besaß!

„Nimm meins!", rief er beinahe flehentlich. „Du kannst es mir ja demnächst wiedergeben, wenn du noch einmal vorbeischaust, ich will nur wissen, ob du gut zu Hause angekommen bist ... nach dem Fiasko heute!"

Zeit gewinnen!

„*Du* hast ein Handy?"

„Ja, ich bin ein alter Mann, aber immer auf Achse. Wenn mir mal etwas passiert, dann will ich jemanden erreichen können."

„Siehst du, und deshalb brauchst *du* es und nicht ich. Mir geht es gut, glaub mir!"

Köhlers Augen funkelten sie in flehender Besorgnis an.

„Ich bin Medizinstudentin, und das heute war eine Unterzuckerung, und sonst gar nichts", behauptete Klaudia, wohl wissend, dass ihr Zusammenbruch keine Unterzuckerung gewesen war und fuhr fort: „Also, lieb von dir, dass du dir Sorgen machst, aber es ist nicht nötig. Und jetzt muss ich meinen Zug bekommen!"

Regentropfen flossen im harten Fahrtenwind quer über die schmutzigen Waggonscheiben. Wie Tränen, dachte Klaudia, ohne den starren Blick vom Fenster zu nehmen. Felder, einzelne Siedlungen, beschrankte Bahnübergänge mit wartenden Pkws glitten vor den Scheiben vorüber. Warum? Wieso hab' ich mir diesen Höllentrip angetan? Vielleicht wollte ich sogar durch meine Anwesenheit seine inneren Abartigkeiten erwecken, wollte, dass er mir von seinen Gedanken morgen am Telefon erzählt, wollte ihn weiter erforschen, besser verstehen ... Was immer mich auch zu der Fahrt nach Merling bewogen hat, sie war ein Fehler, so viel ist sicher. Und ob ich nun bewusst oder unbewusst seine inneren Dämonen beleben wollte, damit er mir morgen von diesen Abgründen erzählt, sein Bericht ist jetzt wohl unaufhaltsam. Morgen wird er anrufen, morgen wird er über den heutigen Tag erzählen wollen ...

Was würde der nächste Tag bringen? Klaudia blickte aus dem Fenster, starrte in die düstere Ferne der verregneten Landschaft. Die Zukunft bereitete ihr Angst.

26. KAPITEL

„Was ist eigentlich so wichtig, dass du zehn Minuten vor Schluss mal wieder abhaust?", zischte Lars Schuler verärgert, als er seinen

Collegeblock, Kaffeebecher und Kuli vom Klapptisch räumen musste.

Klaudia wollte verfrüht den Hörsaal verlassen und zwängte sich an ihm und ihren anderen Kommilitonen in der Sitzreihe vorbei. Die halbe Reihe elf stand da wie zum Spalier, während Klaudia sich vorbeischob und der grauhaarige Soziologieprofessor einen Atemzug lang innehielt und vorwurfsvoll herüberäugte.

Was soll's, dachte Klaudia, als sich die feuerroten Aufzugtüren vor ihr teilten und sie aus der engen Kabine in den breiten Korridor trat. Sie wollte pünktlich sein und musste noch ein gutes Stück über das Campusgelände gehen. Zeit, an der Soziologievorlesung bis zum bitteren Ende teilzunehmen, blieb heute nicht. Die Veranstaltung hatte sich an diesem Nachmittag ohnehin als praxisferner Redemarathon voll abstrakter Theorien entpuppt. Was soll ich damit?, dachte Klaudia, während sie über den Campus schritt. Das Wichtigste lerne ich in der Praxis. Für sie war das das Sorgentelefon.

Die erste Erleichterung an diesem Tag war für Klaudia die Feststellung, dass sich Peter Fels noch nicht im Sorgentelefonraum befand. Er mochte es offenkundig nicht, wenn die Studenten die Vorlesungen schwänzten, um sich hier die Zeit zu vertreiben und hatte so manches mal LSD herauskomplimentiert. Statt Fels saß Christina Eitel bereits in einer der engen Kabinen. Ihre aufrechte Sitzhaltung, die helle Haut, das blonde Haar, die grazile Figur und die einen Hauch zu lange Nase, all das zusammengenommen gab ihr etwas von dem arroganten Habitus eines Schwans.

Klaudia wickelte langsam ihren Schal ab, blickte zur Uhr. Fünf vor drei, stellte sie fest, als das zweite Telefon klingelte. Mist, das war sicherlich noch nicht Köhler. Doch da Christina im Raum saß, konnte Klaudia das Klingeln nicht einfach ignorieren, musste abnehmen und die Person binnen fünf Minuten abwimmeln, um für Köhler die Leitung frei zu machen. Es war eine Frau mit einer merkwürdigen Geschichte. Nervös, ungeduldig mit den Fingern auf dem Schreibtisch trommelnd, hörte Klaudia sie an. Die Frau gehörte wohl einer religiösen Sekte an, hatte eine Tochter, die gegen die strengen Gesetze verstoßen hatte und die nun von ihr bestraft werden sollte. Klaudia hörte den inneren Konflikt der Mutter heraus, spürte, dass sie für ihr Tun eine Bestätigung hören oder einen ungeahnten Ausweg aufgezeigt haben wollte. Drei Uhr ... Klaudias Unruhe wuchs. Entsetzt hörte sie, wie Christina hinter ihr den Hörer einhängte. Wenn Köhler nun anrief, würde er automatisch an Christina geleitet.

„Ich gebe Ihnen die Nummer einer regionalen Anlaufstelle für Glaubensangelegenheiten!", schnitt Klaudia der Frau das Wort ab. „Die können Sie dort fachkundiger beraten", erklärte sie weiter, und im Grunde stimmte das auch. Dennoch, das gestand sie sich, hätte sie die verzweifelte Frau normalerweise niemals so abgefertigt.

Keine drei Sekunden, nachdem Klaudia aufgelegt hatte, klingelte das Telefon erneut. Köhler, er war es! Doch er klang anders als sonst. Ohne die so üblich gut situierte Begrüßung begann er sofort hektisch zu erzählen, über Dinge zu sprechen, die Klaudia zunächst gar nicht einordnen konnte:

„Ich stehe im Kampf gegen ein Wesen mit Januskopf!", eröffnete er.

Januskopf? Klaudia überlegte kurz, entsann sich dann: ein Wesen der antik-römischen Götterwelt. Eines mit zwei Gesichtern. Dunkel erinnerte sie sich, auch in der Verfilmung des

zweiten Teils der „Unendlichen Geschichte"
eine vergleichbare Kreatur gesehen zu haben.

„Das Wesen mit dem Januskopf ist das Wesen
der Poesie. Zwei Seiten. Himmel und Hölle. Auf
der einen Seite erlebt der Dichter das Leben
bewusst. Das Ästhetische. Das Wohltuende. Das
Romantische. Die Grenze zur Hölle verläuft
fließend, trügerisch."

Klaudia runzelte die Stirn, schüttelte irritiert
den Kopf, während Köhler wie im Rausch seine
geradezu philosophischen Gedanken vortrug.

„Was in einem Moment Verzücken und verwun-
dertes Staunen auslöst, bedeutet im anderen
Moment Schrecken und Entsetzen. Schöngeis-
tigkeit ist nur die helle Seite des Poetentums.
Die Fassetten des Lebens interpretieren, Symbole in der Natur und im eigenen Werdegang
entdecken und verstehen und vor allem die
Ironien und Kuriositäten des Zufalls oder
Schicksals bemerken. Das bedeutet oftmals
auch der verschlüsselte Anblick von Schreckli-
chem. Augenblicke, in denen das Leben selbst
einen zu verhöhnen scheint, wo das Schicksal
dramaturgisches Geschick beweist."

Klaudia fiel es schwer, Köhler zu folgen, bis er
sehr konkret wurde:

„Solche Symbole sind mir bei der letzten Begegnung mit Klaudia entgegengesprungen und nehmen nun stets zu mir Kontakt auf, sobald ich mich in ihre Sichtweite begebe."

„Also, Fred", begann Klaudia in einem beschwichtigenden Tonfall, „ich höre da raus, es gab eine erneute Begegnung mit ihr. – Was ist denn genau aus Ihrer Sicht passiert?"

„Nein, Nein!"

Klaudia konnte sich lebhaft vorstellen, wie Köhler mit den Händen abwinkte.

„Nicht, *was* ist passiert. Noch nicht. – Die Tragödie um Klaudia und mich hat nun einen Namen. Auf das dicke, alte Buch, in dem ich die Ereignisse in geschriebener Form konserviere, habe ich nun nach langen Jahren einen Titel geschrieben."

Klaudia stutzte, als Köhler theatralisch erklärte:

„Hinter den Ginstertrieben."

Es herrschte eine kurze Pause.

„Hinter den Ginstertrieben", wiederholte Köhler, „dort ist es das erste Mal passiert, nicht das einzige Mal, leider, aber das erste Mal und lange Zeit danach auch das letzte Mal. Der Ort war damals ein Ort der Symbolik, die die Natur ihm verlieh und die entschlüsselt genau diese tragische Geschichte erzählt. Stellen Sie sich den Ort vor: Ginstertriebe, zwei Meter hoch, dicht, darin eine verborgene Lichtung. Damals ein Refugium für wild wachsende Margeriten und üppiges Springkraut. Die versteckten Symbole dieses Ortes erschlossen sich selbst mir als bibliophilem Menschen erst kürzlich."

„Was für Symbole? Wie erzählen sie die Geschichte?", wollte Klaudia wissen, für die das alles allmählich unheimliche Züge annahm.

„Springkraut, die empfindsame Rühr-mich-nicht-an-Pflanze verhält sich ähnlich der Mimose. Beide reagieren auf die leisesten Berührungen. Das Symbollexikon verbindet die Mimose deshalb mit Empfindsamkeit und Schamhaftigkeit. – So wie Klaudia."

Klaudia hörte atemlos zu, als Köhler fortfuhr:

„Die Ginstertriebe, hinter denen es passierte, sie haben eine andere Bedeutung, eine, die Klaudia sicher auf mich projiziert hat. Ginster ist dornenbewehrt. Er versinnbildlicht die Sünde des Menschen, deretwegen sein Acker mit Disteln und Dornen überzogen wird. Triebe im doppelten Sinne. Die Triebe des Ginsters und die Triebe im sexuellen Sinne, die Triebe der Sünde, für die Außenstehende mein Tun zweifellos erachten."

„Und was sagt Ihr Symbollexikon zu Margeriten?", wollte Klaudia wissen, der die Bilder plötzlich wieder deutlich vor Augen standen, der Sommerduft sinnlich in die Nase zog.

„Margeriten?", echote Köhler, als habe er nicht verstanden. „Margeriten, Klaudias Lieblingsblumen ... Nun, aus irgendeinem Grund symbolisieren diese hell leuchtenden Gewächse Tränen – und Blutstropfen."

Klaudia zuckte zusammen. Tränen und Blutstropfen. Kein Symbol hätte sich wohl passender in das düstere Bild gefügt. Sie schüttelte fassungslos den Kopf: Wie war es doch gleich? Wenn sie sich richtig erinnerte, so stammte der Name „Köhler" vom Berufsstand des Köhlers, des Mannes, der die Holzkohle herstellte, der „Schwarze Mann", wie man ihn genannt hatte und über den sie selbst als Kind mit ihren Freundinnen gesungen hatte: „Wer hat Angst vorm schwarzen Mann ...?" Überall verborgene Symbole ...

„Es geschah hinter den Ginstertrieben", bemerkte Köhler noch einmal tonlos.

Ja, dachte Klaudia, und mit diesen Gesprächen kann ich hinter die Ginstertriebe schauen, hinter diese „Sündentriebe".

„Wenn man sich innerhalb der verborgenen Lichtung nach Süden dreht, liegt Merling vor einem. Da, wo Klaudia herkam. Schaut man nach Norden, so wendet man sich ihrer Gegenwart zu, dort liegt Düsseldorf, die verrückte Großstadt, in der sie nun studiert. Beides, Vergangenheit und Gegenwart, liegen hinter den Ginstertrieben."

Einen Moment breitete sich Schweigen aus. Dann:

„Wissen Sie, warum ich vor all den Begegnungen mit Klaudia in der letzten Zeit überhaupt nach Düsseldorf kam, warum ich diese kleine Weltreise vor wenigen Wochen antrat?"

Klaudia fuhr sich mit der Zunge über die trockenen Lippen.

„Nein."

„Ich kam mit einer irrwitzigen Idee nach Düsseldorf. Ich wollte Klaudia finden. Ich wollte mit Klaudia sprechen. Ich wollte zumindest sehen, dass es Klaudia gut geht, nicht mehr und nicht weniger."

Klaudia durchfuhr ein Schreck.

„Haben Sie sie gefunden?"

Eine Pause. Dann:

„Nein. Nein. Aber ich fand die Nummer des Sorgentelefons auf einem Plakat in der Untergrundbahn."

Klaudia schluckte. In gewisser Weise hatte er sie doch gefunden.

„In der Nacht", erzählte Köhler weiter, „hatte ich einen Traum. Ich träumte, ich hätte Klaudia entdeckt. Es ist mir nicht möglich in Worte zu fassen, wie real mir der Traum erschien, sie gefunden zu haben!"

27. KAPITEL

Der übrige Tag brachte Dauerregen. Nach einer Vorlesung zum Thema „Sozialpolitik" – die Powerpoint-Folien strotzen nur so von Fakten und hatten ihr den letzten Nerv geraubt – verließ Klaudia steifbeinig den Hörsaal. Lars Schuler, nicht nachtragend, fragte Klaudia versöhnlich, ob sie „auf ne Tasse Kaffee in der Innenstadt" Lust hätte.

Ja, Klaudia wollte, war froh darüber, noch einmal mit gewöhnlichen Leuten über gewöhnliche Themen klönen zu können.

In einem warmen Café, in Sichtweite der breiten, quaderförmigen Hochhauskulisse des Vierscheibenhauses, fläzte sich die Gruppe in weich gepolsterte Sessel. Durch die großen Panoramafenster blickten sie auf die kalte, verregnete Vergnügungsmeile Düsseldorfs. Ein Gully war übergelaufen, eine breite, seichte Lache dehnte sich aus.

Klaudia nippte an ihrem dampfenden Kaffee, während sie bei dem erregten Gespräch von links nach rechts über den Tisch hin und her blickte, wie bei einem Tennisspiel. Aufregung, Unmut, Lästerei über unsoziale Kommilitonen und unfähige Professoren ... Sie plauderten und diskutierten, bis der Regen plötzlich abebbte und nur noch weite Pfützen hinterließ, in denen sich die bunten Lichter der Altstadt verschwommen spiegelten. Sie sollten die „Trockenzeit" nutzen, um bis „zum Bahnhof durchzukommen", schlug Lars vor und die Runde löste sich auf.

Eine regenfreie Viertelstunde später trottete Klaudia allein durch Düsseldorf. Die Abendluft spürte sie kühl auf dem Gesicht. Sie erreichte die belebte Rheinuferpromenade, mit Blick auf die mächtige Rheinkniebrücke, den hoch aufragenden Rheinturm und den ihn umgebenden Hochhausschönheiten, die Kunst und Zweckmäßigkeit architektonisch vereinten. Stein gewordene Großstadtmusik, dachte Klaudia, ein temporeiches Lied, in dem Gegensätze kompositorisch aneinandergereiht werden und in denen selbst die profansten Dinge noch eine besondere Note erlangen.

Doch Klaudias Großstadtschwärmereien für die Rheinmetropole waren nur von kurzer Dauer. Wie ein böses Erwachen standen ihr plötzlich die Bilder des schmucklosen Kraftwerks nahe Merling im Kopf, das seinen phallischen Schornstein gen Himmel streckte. Köhler war wieder präsent, zurückgekehrt aus dem Exil des Vergessens, in das sie ihn für eine Stunde hatte verbannen können. Köhler ... Was tun mit ihm? Das Bild von Merling – die grauen, verlassenen Häuser – vor dem Hintergrund des tristen Kraftwerkschornsteins wichen einer anderen Szene. Einem Geschehen, das nur in Klaudias Hirn stattgefunden hatte und in Form und Inhalt den verstörenden Motiven ähnelte, die Köhler in seinen Gedichten erzeugte. Vor ihrem inneren Auge lief ihr Albtraum der vergangenen Nacht ab wie ein Film, sie durchlebte ihn plötzlich im Wachzustand noch einmal.

Ein See. Nebel steigt aus ihm empor. Um ihn herum gigantische Baumriesen, märchenhaft, uralt, mit starken Ästen und grüner Blätterpracht.

Einsamkeit. Nur ein Floß treibt in der Mitte des Sees, lang und schmal. Klaudia am vorderen Ende, Köhler steht am hinteren. Sie spürt die hüpfenden Bewegungen des Holzfloßes, blickt neben sich in das dampfende Wasser. Große Blasen gurgeln an die Oberfläche. Dann zieht ein langer, schuppiger Buckel vorbei. Das Wasser ist voller Leben, exotischer Gefahren, nur gut, dass ich hier oben stehe, denkt Klaudia.

Dann kommt das Floß in Bewegung. Köhler kommt näher. Er überschreitet eine Grenze, deren Existenz selbstverständlich sein sollte. Er überschreitet sie wissentlich, das spiegelt sein Entschlossenheit demonstrierendes Gesicht wider. Er bringt so das Floß ins Wanken, bringt sie beide in Gefahr! Die Grenze! Das Floß wird zur Wippe, ragt nun in einem flachen Winkel an Köhlers leerer Seite in die Luft. Bewegung unter den Planken. Schwanken ... Köhler kommt zu nah, greift nach Klaudia, umarmt sie, raubt ihr den Atem. Gefühle in ihr, intensiv wie seit ihrer Kindheit nicht mehr. Angst. Ekel. Wut. Hass. Verzweiflung. – Und immer wieder Wut. Das Floß wird nun zur Rutschbahn. Klaudia kann sich nicht mehr halten, gleitet langsam mit Köhler hinab auf das tiefe Wasser zu, unter dessen Oberfläche die Gefahr lauert. Sie wehrt sich. Köhler kann längst nicht mehr zurück, selbst wenn er wollte. Das Floß ragt in einem zu steilen Winkel in die dunstige Luft. Er wird sie beide ins Verderben reißen durch seinen nicht rückgängig zu machenden Grenzübertritt. Klaudia spürt das warme Wasser an den Füßen. Gleich ist es vorbei, alles vorbei. Jetzt die Gelegenheit! Klaudia spürt eine seltene Überlegenheit, stößt Köhler weg von sich, stößt ihn vom Floß ins dampfende, grüne Wasser. Schreien, Spritzen, Strampeln. – Doch dann ist es vorbei. Das Gleichgewicht nicht ganz wieder hergestellt, das geht nicht, doch der sichere Untergang ist nun abgewehrt.

Klaudia starrte wie hypnotisiert auf die blinkende Lichterkette der Dezimaluhr, des „Lichtzeitpegels", am Schaft des Rheinturms, ohne sie jedoch bewusst wahrzunehmen. Das Leben der pulsierenden Großstadt um sie herum schien für Momente, von denen sie nicht wusste, wie lang sie dauerten, verstummt, verschwunden. Das Gleichgewicht wieder herstellen, den Untergang abwenden. Aber wie? Reden? Fragen? Schreien? Fluchen? Verklagen? Alte Fragen kehrten zurück, besuchten sie wie alte Bekannte, die immer mehr Fremde als Freunde gewesen waren. Klaudia wusste, was sie wollte, was sie wohl als Einziges retten könnte. Sie hatte es im Wald gespürt. Nun durchdachte sie scheinbar sorgfältig jede Option, doch ihre Gefühle hatten sich längst entschieden. Es gab nur einen Weg, das Gleichgewicht wieder herzustellen. Keine Rache, nur das Gleichgewicht wieder herstellen, nicht mehr und nicht weniger. Klaudia spürte, wie sich ihre Gedanken zusammenfügten. Sie griffen ineinander wie gut geölte Zahnräder und setzten einen Mechanismus in Gang.

Köhler vertraute ihr. Das war sicher. Köhler brauchte ihre Hilfe, das war ebenfalls sicher. Und Köhler war dadurch von ihr abhängig, wurde manipulierbar. Nein, sie würde Köhler nicht töten und ihre Hände mit Blut besudeln. Das Gleichgewicht wieder herstellen, das tun, was vielleicht jedes Opfer in ihrer Situation tun würde, das tun, was nur ein anderes Opfer wirklich nachvollziehen könnte, dachte Klaudia grimmig. Köhler würde Selbstmord begehen. – Dafür würde Klaudia Kraft schon sorgen.

28. KAPITEL

Die Nachricht über Köhlers Tod kommt für Klaudia nicht überraschend. Selbstmord. Köhler hat sich erhängt. Doch sie kann es nicht glauben, will ihn sehen.

Vorsichtig, als könne dahinter eine Gefahr lauern, zieht Klaudia die alte Holztür auf. Die rostigen Angeln quietschen, dann liegt vor ihr der Tatort. Der Innenraum eines alten Schuppens, erhellt durch Löcher im bröckeligen Mauerwerk und dem maroden Schindeldach. Lichtstrahlen, die im herumtreibenden Staub als helle Linien sichtbar werden. Und im Mittelpunkt des Schuppens, im Gegenlicht: Köhler. Tot. An einem Strick hängend. Klaudia tritt auf ihn zu. Stille, bis auf das Knarren des rauen Seils, mit dem er sich aufgeknüpft hat. Köhlers Kopf ist auf die Seite gesunken, es sieht aus, als schliefe er. Die verzweifelt würgende

Grimasse des Sterbens ist der entspannten Mimik des Todes gewichen. Friedlich ist Köhlers Gesicht. Doch etwas ist anders, Köhler wirkt „falsch", spürt Klaudia. Da! Die Haare! Sie sind lang, grau meliert, hängen bis auf die Schultern. Klaudia geht vorsichtig um die hängende Leiche herum. Etwas stimmt nicht. Sie greift mit beiden Händen in die spröden Haare am Hinterkopf, führt sie langsam auseinander wie einen Vorhang. Ein klaffender Mund mit rissigen Lippen wird sichtbar, Zähne, gelblich stumpf. Klaudia bekommt es mit der Angst zu tun, und doch streift sie die grauen Haare fort, legt ein zweites Gesicht an Köhlers Hinterkopf frei: das lebendige Gesicht ihrer Mutter. Sie blickt von leicht oben auf Klaudia herab. Der Strick, der sich von ihrem Hals bis zu einem Deckenbalken spannt, knarrt. Sie macht ihr Vorwürfe, beleidigt Klaudia, redet wie immer. Klaudia hört zu, denkt nach, weiß, dass ihre Mutter die andere Hälfte, die passive, des Missbrauchs war, dass ihre Mutter weiterlebt, sie kann sie nicht in den Selbstmord treiben wie Köhler. Kein Selbstmord. Nur Mord. Klaudia schlingt die Arme um ihre Mutter wie zu einer innigen Umarmung. Dann hängt sie sich an sie, mit ihrem ganzen Gewicht, hebt die Beine vom Boden, hält sich an ihr fest. Der raue Strick strafft sich am Hals ihrer Mutter, schneidet wohl ein. Röcheln, keine Worte mehr. Irgendwann glaubt Klaudia, dass es genug ist, dass es endlich überstanden ist. Sie lässt los, tritt einen Schritt zurück. Das hängende Bündel dreht sich langsam unter der Decke am Seil. Köhlers Gesicht wendet sich ihr zu.

„Wir haben nun alle Zeit der Welt!", sagt er freundlich.

Und dann hört Klaudia auch die Stimme ihrer Mutter erneut, wohl wissend, dass sie sich beider nie vollends wird entledigen können.

Ein wuchtiger Schlag, ein Schmerz explodierte in Klaudias Kopf, ließ sie aufschreien. Schwer atmend kam sie zu sich. Ihr Gesicht lag auf kalten Holzdielen. Ich bin aus dem Bett gefallen, dachte sie und raffte sich schwerfällig auf. Ein ekelhafter Albtraum, schauderte Klaudia, während sie zum Kühlschrank tappte. Erst mal ein Schluck Mineralwasser! Die Albtraumbilder standen ihr noch vor Augen. Köhler und ihre Mutter verschmolzen zu einer monströsen Kreatur ... Anstatt mich vor Fred zu beschützen, hat sie mich diesem Mann einfach überlassen, überlegte Klaudia verbittert und nahm einen Schluck Wasser direkt aus der Flasche. Sie hat sich nie für mich, nie für meine Ängste und Nöte interessiert. Wenn ich nachts aus meinen Angstträumen schreiend erwachte und nach ihr rief, beschimpfte sie mich nur! Im ganzen Dorf hatte sie damit geprahlt, dass der „Herr Bibliothekar" ja so oft zu Besuch sei! Klar, dachte Klaudia, so kam er am besten an mich ran. Dass Köhler sich sonderlich für ihre Eltern interessiert hatte, glaubte sie nicht. Intellektuell lagen Welten zwischen ihnen und Köhler. Köhler war es nur um die Nähe zu ihr, dem Kind gegangen. Der Besuch kürzlich bei ihren Eltern zeugte nur von Köhlers Einsamkeit im sterbenden Dorf! Köhler und ihre Mutter ... Würde sie die beiden Kreaturen wirklich nie loswerden? Vielleicht, gestand sie sich ein. Aber: Ich kann sie bändigen, isolieren, in den hintersten Winkel meines Hirns verbannen, da wo sie keinen Schaden mehr anrichten können. Ihre Entschlossenheit, Köhler zum Selbstmord zu bewegen, war ungebrochen. Warum auch? Ihr war längst klar, dass sie nicht alle Probleme für immer beseitigen konnte. Aber sie konnte viele Probleme eindämmen. Und Köhler war das Fundament des grausamen Sündentempels, in dem ihre Seele, ihr Leben immer und immer wieder aufs Neue geopfert wurde. Klaudia nahm einen weiteren Schluck des kalten Wassers und blickte auf die Uhr. Vier Uhr morgens. Einige Stunden konnte sie noch schlafen. Will ich nicht, spürte sie. Keine Ruhe mehr. Sie plante, sich am heutigen Nachmittag mit Theo Riemann zu unterhalten. Klaudia brauchte Informationen, wie sie diesen Selbstmord in die Wege leiten konnte. – Oder war es Mord? Egal. Der alte Professor sollte ihr mit seinem akademischen Wissen helfen. Wie sie ihn dazu bewegen sollte, ohne dass er skeptisch wurde, wusste sie noch nicht, aber das konnte sie sich in den nächsten Stunden noch reiflich überlegen.

Informationen!, dachte sie, ein solches Gespräch muss vorbereitet sein! Sie spürte den Drang in sich aufsteigen, eins der breiten Küchenmesser zu nehmen und sich damit zu schneiden. Selbstbestrafung für diesen perfiden Plan? Wieder dieser brutale Drang! Er bestätigte Klaudia nur noch mehr etwas ändern zu müssen, Köhler vom Floß zu stoßen und den Untergang in letzter Sekunde abzuwenden. Jede

Frau würde in meiner Situation so handeln, redete sich Klaudia ein und nahm noch einen Schluck Wasser.

Im ersten Semester hatte sie Mitschriften über Suizid angelegt. Die würde sie nun sichten. Klaudia stellte die Flasche in den Kühlschrank zurück und ging entschlossen in den Arbeitsbereich ihrer Wohnung. Sie knipste ihre Schreibtischlampe an. Das hinter dem Schreibtisch geheftete Poster einer Menschenrechtsbewegung wurde sichtbar. Darauf prangte in dicken Buchstaben: *„Gegen die Todesstrafe!"*

29. KAPITEL

Die Ereignisse dieser Nacht würden Klaudia mit der Beklommenheit eines Traumes im Gedächtnis bleiben. Zu unwirklich erschien ihr später das eigene Tun, als sie im schummrigen Licht eine Single von den „Fugees" einlegte und gedämpft die harmonischen Klänge des Titels „Killing me softly" aus ihrem CD-Player tönten ... Sie ließ sich im Schneidersitz auf dem Fischgrätmuster des Parkettbodens nieder und begann alte Mitschriften über Selbstmord zu lesen.

Bereits im ersten Absatz fragte sie sich, ob das, was sie dort schwarz auf weiß las, schon auf Fred Köhler zutraf: Die meisten Suizide und Suizid-Ideen werden im Vorfeld angekündigt, so die Ausführungen des Suizid-Forschers Erwin Ringel, auf den sich Klaudias Professor berufen hatte. „Offene und versteckte Signale werden gesendet: sarkastische Witze über das Thema, Briefe, Zeichnungen ...", las Klaudia einen Teil der Liste herunter.

Nachdenklich setzte sie ab, hob mit gerunzelter Stirn den Kopf. Köhlers Gedichte, bemerkte sie, seine brutalen, teils hasserfüllten Tiraden über Tod und Teufel konnten durchaus eine Suizidgefährdung beschreiben ... Fast hätte Klaudia ein Häkchen hinter den Absatz gekritzelt, ließ es dann aber doch.

Gut, Köhler ist vermutlich bereits selbstmordgefährdet, aber noch steht er nicht auf der hohen Brücke und will springen, überlegte Klaudia. Ihr Blick wanderte nachdenklich durch den Raum, über den CD-Player, hinauf in ihr Bücherregal, von wo aus die Gesichter auf den Umschlägen der Agatha-Christie-Krimis düster zu ihr herunteräugten. In welche Situation müsste sie Köhler bringen, damit er sich selbst tötete? Sie las weiter.

Der Suizidforscher Ringel entwickelte drei Symptomkomponenten, die zusammen einen Selbstmord auslösen können. – Klaudia stellte sich Köhler in den Situationen vor. Als Erstes in der „situativen Einengung", in der er keinen Ausweg mehr sieht, sich in einer Welt wiederfindet, in der Hoffnungslosigkeit regiert. Klaudia schloss die Augen, stellte sich vor, wie Fred Köhlers Flucht aus diesem eingeengten Dasein für ihn unmöglich zu werden schien ... Der schmächtige Bibliothekar müsste sich gedanklich immer wieder mit seinen quälenden Fragen und Erlebnissen auseinandersetzen und sich auch zwischenmenschlich eingeengt fühlen. Fred Köhler würde sich dann in seinem spitzgiebeligen Dorfhäuschen isolieren und allmählich vereinsamen ...

Eine dicke, braune Motte flatterte lautlos aus der Dunkelheit ins Licht, umschwärmte Klaudias Kopf, als sei das obskure Nachttier von ihren düsteren Gedanken selbst angelockt worden. Klaudia zerschlug sie mit einem wütenden Schlag eines Schnellhefters. Dann las sie weiter wie im Rausch. „Aggressionsumkehr:

Ein hohes Aggressionspotenzial, das bisher nach außen gerichtet war, richtet sich nun gegen sich selbst", murmelte sie und blätterte hastig um.

Aggressionen trug Köhler in sich, seine Gedichte sprachen eine unmissverständliche Sprache. Klaudia setzte ab, überlegte, las weiter. Was sie als Nächstes las, schien ihr am geeignetsten: „Dritte und letzte Symptomkomponente: Selbstmordfantasien, die eine Eigendynamik entwickeln!" Wieder musste Klaudia an Köhlers teils so selbstzerstörerischen Gedichte denken. „Auch gegen den Willen des Suizidanten zwingen sie sich ihm auf. Er beschäftigt sich in seinen Gedanken mit verschiedenen Möglichkeiten sich zu töten."

Klaudia stand auf. Es war still in dem Zimmer, die CD längst durchgelaufen. Sie streifte sich ihre daunengefütterte Winterjacke über und betrat den kleinen Balkon ihrer Wohnung.

Die Nacht war kühl, der Himmel klar. Eine meditative Ruhe schwebte über der tagsüber so pulsierenden Großstadt. Die breite Straße vor dem Altbau, der Klaudias Wohnung beherbergte, lag verlassen da. Die Ampel außer Betrieb blinkte gelborange.

Klaudia atmete tief ein. Sie wusste nun auch, wie sie Theo Riemann dazu bringen könnte, ihr weiteren „Rat" für die geplante Selbstmordstrategie zu geben: „Dr. Riemann, wenn ich will, dass ein Mann Selbstmord begeht ..., wie kann ich ihn nur durch Gespräche dazu bringen, es zu tun?" So direkt wollte sie ihn fragen. Bei so einer grotesken Frage würde er niemals Verdacht schöpfen, die Wahrheit war die beste Tarnung. Der Professor würde wahrscheinlich laut lachen und ihr dann alle Informationen geben, die sie brauchte. Warum auch nicht? Riemann hatte vor einigen Jahren einem Studenten geholfen, einen Krimi zu schreiben. Merkwürdige Fragen war er seitdem gewöhnt, das war also das geringste Problem.

Klaudia drehte sich mit dem Rücken zum Geländer. Ihre Hände umfassten die kalten Stangen der schmiedeeisernen Balustrade. Über ihrem Kopf zierte ein Relief die Fassade: ein Ochse, der zur Opferbank geleitet wird. Sie würde Köhler opfern müssen, das war der letzte Ausweg. Entweder bringt *er* sich um oder *ich*, wusste Klaudia, während sie auf eine eingemeißelte, teuflische Fratze über dem Ochsen blickte.

30. KAPITEL

Eine undefinierbare Unruhe spukte im Hörsaal, die Klaudias Anspannung und Nervosität widerspiegelte. Sie fühlte sich wie vor einer mündlichen Prüfung, von der alles abhing, Erfolg oder Niederlage.

Auch ihre Kommilitonen wirkten angespannt, ein Zustand, der Theo Riemann während seiner Vorlesung nicht entging und den er mit dem Satz „Das Wetter macht's" abtat.

Petra schrieb unentwegt Zettelbriefe an Klaudia, die Franziska entnervt hin- und herleitete, Lars ließ sich dazu herab, mit LSD „Stadt, Land, Fluss" zu spielen, während sich Christina Eitel mit anderen Kommilitonen schräg hinter ihr unterhielt. Riemann beendete die Vorlesung früher als gewöhnlich. Erst steht er den Studenten, die sich nicht trauen, im Hörsaal Fragen zu stellen, zur Verfügung, dann trottet er mit schwingender Aktentasche hinaus auf den Campus, setzt sich auf „seine Bank" und raucht dort bis zur nächsten Veranstaltung, wusste Klaudia.

Sie hielt respektvollen Abstand zu Riemann, wollte den genüsslich qualmenden Raucher nicht bei seinem feurigen Ritual stören. Im Kopf legte sie sich noch einmal die Formulierungen zurecht, ordnete sie neu und wusste, dass sie wahrscheinlich doch wieder alles anders ausdrücken würde. Im Westen lachte hell und warm die Sonne, während im Osten dunkle Wolken drohten. Es donnerte, ohne dass Klaudia einen Blitz gesehen hatte. Jetzt oder nie, sagte sie sich, als Riemann den ersten Zigarettenstummel mit dem Fuß auf dem Boden zermalmte und aus der Innentasche seines Jacketts erneut die halbleere Schachtel zog. Ein weiterer blitzloser Donner rollte über den Campus, als Klaudia den alten Professor erreichte, der gerade einen befriedigenden Zug einsog.

„Hallo Klaudia!", begrüßte er sie freundlich.

Theo Riemann war dafür bekannt, dass er viele Studenten mit Namen ansprach.

„Hallo!", erwiderte Klaudia und begann dann völlig anders als geplant:

„Darf ich mich zu Ihnen setzen und einige Fragen stellen?"

Riemann hob die breiten, schwieligen Hände und wies höflich auf den freien Platz neben sich auf der Bank.

„Ich habe mein Leben dafür genutzt, Menschen ihr eigenes Leben erträglicher und schöner zu machen und so oftmals zu retten. Gut, in den letzten Jahren als Professor habe ich sicherlich oft das Gegenteil bewirkt, aber trotzdem freut es mich, mein Wissen an eine so engagierte Person wie Sie weiterzugeben!"

Klaudia schluckte. Das kam ihr beinahe sarkastisch vor, obwohl sie wusste, dass er es mit aufrichtiger Achtung meinte. Zögernd ließ sich Klaudia auf der Bank unter dem Pavillon aus herbstlich gefärbten Blättern nieder. Genau in der Sekunde, in der sie sich setzte, begann es zu regnen, während die Sonne weiter heiter schien und Donner ohne sichtbare Blitze grollten. Riemann blickte mit faltiger Stirn unter dem Blätterdach zu dem hellen Himmel hinauf und schüttelte nur den Kopf.

„Nun, was interessiert Sie denn so?", fragte er und blickte Klaudia forschend in die Augen.

„Folgender Plan …", begann sie mit trockenem Mund. „Ich will jemanden umbringen."

„Kann ich gut verstehen!", erwiderte Riemann lachend.

„Ja, aber nicht so plump wie die meisten!", ereiferte sich Klaudia. „Ich will, dass er es selbst macht!"

Riemann lachte wieder laut auf, dann erzählte Klaudia ihm im Groben die Geschichte von Fred Köhler. Immer wieder nickte Riemann oder lachte gar, was Klaudia beruhigte. Er fasste es als makabere Geschichte auf, nicht als bitter durchlebte Wahrheit. Offenbar kann ich meine Nervosität gut verbergen, glaubte Klaudia, denn wenn jemand in der gesamten Zeit hätte skeptisch werden müssen, dann Riemann jetzt. Er war im Gegensatz zu Köhler studierter Psychologe, außerdem ausgebildeter Psychoanalytiker und bekennender „Freudianer". Er konnte ebenso in Menschen blicken wie der Psychiater Dr. Kramer.

Als Klaudia ihm die Situation und das Vorhaben zu Ende schilderte, lachte Riemann noch einmal auf, bevor er konstatierte: „Kranke Geschichte!"

„Und was soll ich tun, damit er sich suizidiert?", hakte Klaudia nach und hoffte, dass Riemann dann in eine ernste Denkerpose verfallen und ihr das ultimative Rezept verraten würde. Doch es kam anders.

„Das ist einfach!", rief Riemann vergnügt. „Ich sehe da gleich zwei Möglichkeiten!"

„Und die wären?"

Riemann zündete sich eine Zigarette an und schwieg. Vor dem dunklen Osthimmel krümmte sich ein malerischer Regenbogen, während um sie herum, im heiteren Sonnenschein, weiter dicke Regentropfen fielen und vereinzelter Donner grollte.

„Nun", begann Riemann gedehnt, „das eine wäre ... er sollte einfach ‚Die Leiden des jungen Werther' von Goethe lesen, das könnte tatsächlich funktionieren. Das ist schon eine besondere Geschichte, die *wahre* Geschichte, die sich um die erdichtete rankt."

„Was soll sie bewirken, diese Goethe-Lektüre? Und was wäre die andere Methode?", fragte Klaudia.

Riemann zog genüsslich an seiner Zigarette.

„Nun, was es mit Werther auf sich hat, das müssen Sie schon selbst herausfinden. Und wenn Sie das binnen der nächsten halben Stunde schaffen, dann bin ich immer noch hier unter dem Laubpavillon, um Ihnen die andere Methode zu verraten!"

31. KAPITEL

Was sollte in diesem Werk Goethes so Besonderes versteckt sein, dass allein die Lektüre einen Menschen wie Köhler dazu bringen sollte, sich selbst zu töten? Noch am selben Tag würde Klaudia wissen, was Theo Riemann meinte. Sie trat aus dem hellen Sonnenlicht in den kühlen Schatten des hohen Eingangsbereichs der Landesbibliothek. Ihr Gesicht war regennass, ihre Haare klebten am Kopf wie ihre Kleidung am Körper. Sie eilte zu einer der Computerinseln und hackte hastig den Suchbegriff *„Goethe + Die Leiden des jungen Werther"* in das interne Suchsystem ein. Eine scheinbar unendliche Liste rollte über den Monitor. Klaudia schloss die Augen, tippte in wahlloser Blindheit auf einen der Treffer. Jetzt oder nie, sagte sie sich erneut, als sie durch die labyrinthischen Regalsysteme stolperte, um das Buch zu finden. Es war ein dicker Foliant, der sie in den Ausmaßen an das Buch erinnerte, in dem sie über Pädophile gelesen hatte, um Fred

Köhler besser verstehen zu können. Nun wollte sie den mysteriösen Zusammenhang des Goethe-Werks und Köhlers geplantem Selbstmord finden. Sie blätterte das Inhaltsverzeichnis durch und schlug das Kapitel über Goethes „Werther" auf. Nach wenigen Zeilen stockte ihr der Atem. Sie hatte in der Schule lange Abhandlungen über „Faust" verfassen müssen, hatte aber dafür den „Werther" nie gelesen, doch die Inhaltsangabe schien zumindest *minimale* Ähnlichkeiten mit Köhler anzudeuten. War das ein Grund, warum Riemann das Werk ausgewählt hatte? Doch was sollte dies mit Selbstmord zu tun haben? Verblüfft überflog Klaudia die Zusammenfassung: „Werther, ein künstlerisch veranlagter Hitzkopf, zieht sich auf das Land zurück, wo er sich im Einklang mit der Natur fühlt und vorübergehend zu innerer Harmonie zurückfindet. Sein Leben wird von Grund auf verändert, als er der ‚schlichten', gefühlvollen Lotte begegnet. Als eine Seelenverwandte, eine unsterbliche Liebe sieht Werther die Frau und stürzt sich so ins Leid."

Was hat das mit Köhler zu tun? Wo ist da der Selbstmord?, fragte sich Klaudia und blätterte ungeduldig um. Sie saß unruhig auf der Vorderkante ihres Stuhls und verschlang die weitere Zusammenfassung: Lotte verlobt, Werther freundet sich mit dem Verlobten an, doch sein untröstlicher Liebeskummer treibt ihn zurück in eine befremdende Gesellschaft.

Klaudia seufzte, setzte ab. An die Fenster des Lesesaals prasselte Regen, während die Sonne hell schien. Gedämpfter Donner grollte durch die Steinwände zu ihr herein. Am dunklen Osthimmel hatte sich unter dem riesigen Regenbogen noch ein zweiter, etwas kleinerer abgemalt, mit kräftigen, leuchtenden Farben, während sich links der beiden ein dritter Regenbogen blass bildete. Einige Studenten traten ans Fenster, um das farbenfrohe Naturschauspiel zu beobachten.

Klaudia riss sich von dem seltenen Anblick los. Endlich die dramatische Wendung, auf die sie hoffte: Werther, nicht imstande Lotte zu vergessen, versinkt ohne sie in Schwermut. Dann: sein Selbstmord! – Schön, aber was hat das mit Fred Köhler zu tun?, durchfuhr es Klaudia erneut.

Sie überflog die weiteren Angaben über das Buch. Goethe verarbeitete in diesem Roman seine unglückliche Liebe zu Charlotte Buff, die

mit seinem Freund Kestner verlobt war. Eine
Woge der Rührseligkeit ging damals von dem
Werk aus, mit unvorstellbaren Folgen für die
zahlreichen Leser. Klaudia erbleichte – *eine
Selbstmordwelle rollte über das Land*! Das Phä-
nomen wird heute „Werther-Effekt" genannt.
Völlig abrupt wechselte der Artikel von der
Goethe-Zeit in die Gegenwart. Klaudia konnte
es nicht fassen: Der Werther-Effekt wurde unter anderem auch in Süd-Korea beobachtet, als
sich in den Ostertagen 2005 die Starschauspie-
lerin Lee Eun-Joo tötete. Die Selbstmordquote
pro Tag stieg sprunghaft von 0,84% auf 2,14%.
Die Sorge vor dem Werther-Effekt verursachte
auch im Jahr 2004 Diskussionen, als sich die
Popsängerin Britney Spears in einem Musikvi-
deo schauspielerisch selbst tötete.
Klaudia klappte das Buch zu. Jetzt hatte sie
verstanden. Ein altes Goethe-Werk, um Köhler
„den Rest zu geben"? Sie ließ den Folianten
auf dem Lesetisch liegen und eilte hinaus in
den sonnigen Regen und hoffte, dass Riemann
noch unter seinem Blätterpavillon auf seiner
Bank saß.

32. KAPITEL

Was ist Riemanns zweiter Einfall?, fragte sich Klaudia, als sie durch die Pfützen platschte, in denen sich das helle Sonnenlicht spiegelte. Immer noch rollte vereinzelter Donner über den Campus, und die drei hell leuchtenden Regenbögen krümmten sich vor dem dunklen Osthimmel. Riemann saß in seinem kürbis-orangen Blätterpavillon und blies ringförmige Rauchwölkchen in die Luft.

„Ah! Klaudia! – Da sind Sie ja schon wieder!", begrüßte er sie. „Und Ihrem Gesichtsausdruck zu folgen, sind sie fündig geworden, haben aber noch Fragen!"

Klaudia zog den Kopf ein, als sie unter den tropfnassen Blättern hindurch trat und sich auf die trockene Holzbank niederließ.

„Der Werther-Effekt", brachte sie schnaufend hervor. „Selbstmord als Folge von Nachahmung".

Theo Riemann verzog die Lippen zu einem O-förmigen Fischmund und hauchte eine ringförmige Qualmwolke aus.

„Ganz recht!", bestätigte er. „Viele Menschen haben das Vorurteil, Selbstmord sei vererblich. Ein ,Selbstmord-Gen'? Blödsinn. Wenn in einer

Familie Selbstmord – beispielsweise vom Vater – begangen wurde, dann kann durchaus sein, dass sich der Sohnemann auch vor den Zug wirft. Das ist aber nicht erblich bedingt, sondern am Modell nachgeahmt."

Klaudia trommelte nervös mit den Fingern auf der Bank, saß wie zum Sprung auf der Vorderkante der Sitzfläche.

„Sie wollen die zweite Methode wissen", bemerkte Riemann.

Klaudia nickte.

Riemann ließ sich Zeit, tastete in seinen Innentaschen nach einer weiteren Zigarettenschachtel und klopfte all seine anderen Taschen ab, als er dort nicht fündig wurde. Schließlich hielt er ein kleines Schweizer Taschenmesser und einen Apfel in den Händen.

„Ist ohnehin weniger krebserregend", murmelte er und blickte Klaudia dann wieder an. Seine Augen glänzten.

„Jemanden in den Selbstmord treiben – wie geht das?", leitete er fröhlich ein.

Klaudia blickte ihn erwartungsvoll an, während der alte Professor die Klinge seines Taschenmessers herausklappte und in den Apfel schnitt. „Ich höre aus Ihren Schilderungen heraus, dass der Mann ohnehin suizide Tendenzen zeigt."

Klaudia nickte.

Riemann hob die Hände:

„Was können Sie tun? – Ich denke, am sinnvollsten wäre eine so genannte ‚paradoxe Intention' anzuwenden."

Riemann machte eine rhetorische Pause.

„Nun, wie funktioniert das? Wir haben da also einen suizidgefährdeten Menschen, der sie um psychologische Hilfe bittet und den sie dazu bringen wollen, sich die Pulsadern durchzuschneiden, vor den Zug zu springen oder mit dem Föhn planschen zu gehen. Perfide, aber machbar. Nicht machbar wäre natürlich, Ihrem Klienten *etwas anderes zu sagen*, als dass er sich eben *nicht* umbringen soll! Doch es gibt ein Hintertürchen. Wenn Sie gleichermaßen seine anzunehmenden Gedanken verbalisieren – in der Therapie eine gängige Methode – und immer wieder intensiv die von den Qualen erlösende Wirkung des Selbstmordes *positiv* schildern, ohne eine wirkliche Alternative aufzuzeigen, muss damit die Suizidalität Ihres Klienten zwangsläufig gefördert werden."

Klaudia nickte in nachdenklichem Schweigen. Genial.

„Dem Gegenüber das Gegenteil aufzutragen von dem, was ich will, dass er es tut."

Theo Riemann lächelte fröhlich und schnitt ein weiteres Stück Fruchtfleisch aus dem Apfel und aß es von der Klinge, bevor er vergnügt rief:

„Jetzt Klaudia, haben Sie das Wissen, um die perfekte Mörderin zu werden!"

33. KAPITEL

Perfekte Mörderin! Verärgert schluckte Klaudia den Ärger über diese Worte herunter, während sie eilig über das Campusgelände schritt. Der Regen hatte aufgehört, doch in unerreichbarer Entfernung spannten sich immer noch die Regenbögen am Himmel. Mörderin! Klaudia konnte es nicht fassen! „Notwehr in anderer Form" nannte sie das! *Er* bringt sich um oder *ich* bringe mich um! Ich stelle den Ausgleich wieder her oder er reißt uns *beide* in den sicheren Untergang! Doch in gewisser Weise verstand sie Riemann. Das, was er gehört hatte, ließ keinen anderen Blickwinkel zu, außerdem rechnete er niemals damit, dass sie das theoretische Wissen praktisch umsetzen wollte.

Sie erreichte das Gebäude der FH und steuerte auf den kleinen Verkaufsstand zu, an dem eine Frau mittleren Alters, umgeben von Baguettes, Brötchen und Bonbons, in einem dicken Liebesroman schmökerte. Klaudia bezahlte gerade eine Tüte Weingummis in Totenkopfform, als ihr Handy klingelte. Es war Franziska.

„Hallo Karin!", begrüßte diese ihre Kommilitonin. „Ich bin gerade beim Sorgentelefon. Hier hat schon zweimal ein Mann angerufen, der eine Karin sprechen wollte. Das bist doch neuerdings du – oder?"

„Ja, vorübergehend", gab Klaudia spontan zurück.

„Gut, dein Freund will in fünf Minuten noch mal anrufen. Bist du dann frei oder im Seminar?"

Klaudia biss sich auf die Lippen.

„Ich komme!", erklärte sie.

Es ging los. Der erste Schritt auf dem Weg zu Fred Köhlers Selbstmord, dem einzigen Ausweg aus der Hölle, die gerechte Strafe für seine unverzeihlichen Taten. Das Seminar, das

Klaudia dafür opferte, trug den Titel: „Theorie des Helfens".

Köhler war offenbar bereits am Telefon, als Klaudia den Raum betrat. Franziska stand vor einem der Apparate, hielt die Sprechmuschel zu und formte mit den Lippen „Er ist schon dran!", bevor sie für Köhler hörbar mit herzlicher Stimme sagte:

„Ich leite Sie dann mal an meine Kollegin Karin weiter."

„Karin, ich muss mit Ihnen sprechen!", eröffnete Köhler das Gespräch.

Noch deutlicher als sonst hörte Klaudia seine verzweifelte Abhängigkeit in der Stimme beben.

„Ich bin ja da", erwiderte sie in einem Tonfall, als wolle sie ein kleines Kind beruhigen. Sie ließ Köhler erzählen von den Albträumen, die ihn plagten, von den Gedichten, die er schrieb.

„Neben den Missbrauchsszenarien", begann Klaudia, „schildern Sie auch noch ganz andere Handlungen. Aggressive, blutige – immer gegen sich selbst gerichtet. Haben Sie diese Bilder frei erdacht oder sind sie fester Bestandteil Ihres wirklichen Seelenlebens?"

Köhler beantwortete die Frage nur indirekt:

„Es war Herder, der Goethe einst das Wesen echter Poesie vor Augen führte. Wahre Lyrik müsse aus eigenem tiefem Erleben kommen, dürfe nicht konstruiert werden. Erst dadurch sei sie natürlich."

Klaudia schwieg einen Moment.

„Ich höre da heraus, dass es selbst erlebte Gefühle sind, diese *unglaubliche* Aggression, die sich gegen Sie selbst richtet", spiegelte Klaudia.

„*Unglaubliche*?" echote Köhler. Seine Stimme klang verzweifelt. „*Unbeschreibliche* trifft es da schon eher! Ich schätze, dass selbst ein virtuos mit Sprache Spielender nicht imstande wäre, das, was ich durchlebe, in passende Worte zu kleiden!"

„Warum lassen Sie sich nicht von den Dichtern und Denkern inspirieren? Von Goethe! Er spräche Ihnen vielleicht aus der Seele, würde das formulieren, wozu Sie nicht imstande sind, würde Ihnen helfen sich auszudrücken und besser verstehen zu können! Ich habe einen interessanten Artikel über ‚Die Leiden des jungen Werther' gelesen. Ein opulentes Werk deutscher Literatur! Wenn Sie es läsen, da bin ich mir sicher, würden Sie sich bestimmt wie-

derfinden in diesem wehmütigen Schöngeist",
begann Klaudia.

Die Manipulation hatte begonnen. Eine eisige
Kälte kletterte an ihr hinauf, sie fühlte sich
unwohl, und doch konnte sie sich genau konzentrieren, fielen ihr die Worte zu wie einem
Dichter in einem schöpferischen Akt, wie er
ihm nur selten vergönnt war, und der nicht
von langer Dauer sein konnte.

„Goethe?"

Köhler klang interessiert, jedoch auch skeptisch.

„Ich habe so viel von Goethe gelesen. Auch den
‚Werther'. Der ‚Faust' gefiel mir oder ‚Iphigenie
auf Tauris'. Aber nun ja … ich weiß nicht, ob
gerade *dieses* Werk mich so beflügeln würde
und mir Stärke brächte."

„Versuchen Sie es!", riet ihm Klaudia eindring-
lich.

„Ich weiß nicht. Die innere Unruhe in mir macht
es mir unmöglich, mich auf etwas so Anspruchs-
volles, so Umfangreiches, so Meisterhaftes ein-
zulassen. Dazu bedarf es Konzentration, Muße
und Kraft!"

Das hat keinen Sinn, bemerkte Klaudia. Also
doch die zweite Option.

„Nun Fred, reden wir nicht lange darum herum. Ich fürchte, Sie sprechen in Ihren Gedichten von Selbstmord, und davon müssen wir Abstand nehmen!"

„Ach ja, die alte Todsünde", seufzte Köhler. „Es ist wie der geniale Einfall eines Dichters, der unverhofft zu ihm fliegt. Man kann sich seine Gedanken nicht immer aussuchen und so ist es auch mit diesen Grausamkeiten, die in meinem Kopf entstehen. Die Zeiten, in denen ich mich von ihnen befreien konnte, sind längst vorbei. Sie kommen wie Kröten immer wieder zurück und legen ihre schleimigen Eier in meinem Hirn ab."

„Selbstmord, das klingt natürlich verlockend", begann Klaudia. „Es gibt so viele Methoden, die es einem schnell und schmerzlos ermöglichen, einfach aus dieser Welt zu scheiden und in einer anderen, besseren Welt unbelastet und unbeschwert zu beginnen. Alle Probleme weg, von einer Sekunde auf die andere. *Aber,* Fred, das ist keine Lösung!"

„Und was ist die Lösung?", kam Köhlers Stimme, als Klaudia ihm wohl wider Erwarten keine Alternative präsentierte.

Mach was aus deinem Leben!, dachte sich Klaudia spontan. Akzeptiere es, vermeide den unverzeihlichen Fehler in Zukunft, gebe deinem Dasein einen neuen Sinn! Nimm deine Taten zum Anlass, etwas Gutes mit deinem Leben zu tun, statt es verzweifelt wegzuwerfen! Ja, das wäre wohl eine sinnvolle Perspektive ...

Stattdessen hörte sie sich sagen:

„Machen wir es doch so, Fred: Gehen Sie spazieren und denken Sie dabei ganz bewusst an das, was Sie belastet. Lassen Sie die Gedanken einfach kommen, Sie wissen ja, sie sind wie Kröten. Sie alle zertreten, wird nicht möglich sein, also lassen Sie sie kommen! Sie gehen ... sagen wir einen Kilometer weit, einen ‚Reue-Kilometer' wollen wir ihn nennen. Und dann, Fred, dann ist Schluss! Jetzt denken Sie an etwas Schönes."

„Und wenn das nicht geht?", hörte sie Köhler kleinlaut aus dem Hörer fragen, ganz wie erwartet.

„Positiv denken!", riet ihm Klaudia. „Wenn es nicht *ginge,* Fred – *ginge!* Ich benutze absichtlich den Konjunktiv!"

Köhler verhielt sich ganz so, wie Klaudia erwartet hatte, als er nachhakte:

„Ja, aber was wäre, wenn es nicht *ginge*'?"

„Das tut weh!", entgegnete Klaudia. „Dann nehmen Sie eine Schmerztablette. Eine ‚geistige Schmerztablette' versteht sich."

„Und was meinen Sie damit?"

„Dann, aber versprechen Sie mir, *nur dann*, denken Sie an Selbstmord. Dann, nur als Schmerzmittel, dürfen Sie an die positiven Seiten des Selbstmordes denken. Daran, dass nach dem Tod alles besser ist, dass Sie nie mehr leiden müssen, niemand Ihnen mehr böse sein wird, jeder Sie versteht, jeder Sie mag. Die schönen Seiten des Todes eben."

34. KAPITEL

Klaudia Kraft fühlte sich mehr und mehr wie ein Gespenst, ein körperlos umherwandelnder Geist, unsichtbar und unfähig am gesellschaftlichen Leben teilzunehmen. Nur vier Tage waren seit dem letzten Telefonat mit Köhler vergangen, vier Tage, von denen jeder Tag Klaudia unwirklicher vorkam. Alles schien an ihr vorbeizuziehen, nichts bereitete ihr eine wirkliche Freude, ein Zustand, den sie auf Köhler und das, was er ihr angetan hatte, schob. In diesem seelischen Dämmerzustand wurde sie immer weniger aufnahmebereit für die Vorlesungs- und Seminarinhalte und immer weniger empfänglich für soziale Kontakte.

Klaudias Gedanken entfernten sich aus der Sushi-Bar im noblen „Sevens", in der sie und Franziska Adatschie saßen. Die zierliche Japanerin plauderte gut gelaunt vor sich hin, während Klaudia apathisch neben ihr auf dem stelzbeinigen Barhocker saß und genusslos auf ihrem Sushi herumkaute.

„Es ist für Europäer schon unbegreiflich, dass in Japan Selbstmord viel mehr zur Kultur gehört!" Klaudia wurde hellhörig, blickte in Franziskas kaffeebraune Mandelaugen.

„Ja!", fuhr Franziska fort. „Doch das ist sicher nicht der einzige Grund, warum sich in Japan selbst Schüler so häufig umbringen, das liegt auch an dem immensen Schuldruck."

Klaudia wandte den Blick dem Fließband zu, das vor ihnen wie eine endlose Spielzeugeisenbahn vorbeizog, unterschiedlich farbige Teller befördernd, die kleine Portionen des asiatischen Designerfoods zierten. Franziska tunkte eine kleine in Seetang gerollte Reistrommel mit Krebsfleisch in die Soße und schmierte giftgrünen Meerrettich darauf. Klaudia beobachtete geistesabwesend die japanischen Spezialköche, die unentwegt neues Sushi zubereiteten: Mit breiten Messern schnitten sie eine schlaksige, Seetang umwickelte Reisrolle in kleine Scheiben. Klaudia verfiel in ihre düsteren Gedanken, so wie jemand, unendlich müde, in einen plötzlichen Schlaf abgleitet. Selbstmord ... Wenn Köhler sich mit einem scharfen Küchenmesser wie dem, das der Koch gerade verwendete, die Pulsadern durchschnitt, so würde später der Gerichtsmediziner diese blutige Selbstmordmethode eine „weiche Methode" nennen. „Weich" deshalb, weil eine höhere Wahrscheinlichkeit bestand, dass „der Suizidant" noch hätte gerettet werden können. Eine „harte Methode" hingegen wäre beispielsweise Erschießen oder Erhängen. Rettung unwahrscheinlich. Aber sich selbst zu töten, dahin musste Klaudia den Kinderschänder erst einmal bringen.

Franziskas helle Stimme riss Klaudia wieder aus ihren Gedanken. Die Japanerin wollte nach Hause, hätte noch einiges für Politik nachzutragen. Die beiden verließen die moderne Nobelpassage und betraten eine dämmrige Königsallee mit tristem Himmel, dessen Wolken es den ganzen Tag nicht richtig hatten hell werden lassen. Die kleinen Brücken, die sich über den Stadtgraben spannten, als hielten sie die Uferseiten zusammen, lagen verlassen da. Einsam ergossen die kunstvoll gemeißelten Wasserspeier ihre Fontänen in das dunkle Wasser unter ihnen.

Als Klaudia zu ihrer U-Bahnstation trottete, kehrten ihre Selbstmordgedanken zu ihr zurück. Sie sind wie Kröten, bemerkte sie. Köhler und ich haben nun wohl dieselben Gedanken, nur dass wir wieder an zwei verschiedenen Enden stehen.

Schätzungsweise 1.000 Verkehrsunfälle pro Jahr werden in suizidaler Absicht veranlasst, erinnerte sich Klaudia, als sie die Königsallee überquerte und eine weitere Möglichkeit erkannte, wie sich Köhler selbst ein Ende setzen könnte. Denn die Frage der Methode, zu der sie Köhler eventuell raten musste, bereitete ihr Sorgen. Den gestrigen Abend hatte sie ganz der Internetsuche nach einer geeigneten Methode gewidmet. Sie hatte gerade eine weitere viel versprechende Seite angewählt, als es im Zimmer kurz aufblitzte und dann ein explosionsartiger Donner die Luft erzittern ließ. Die Lichter waren erloschen und durch das Fenster hatte Klaudia die Ausbreitung von Dunkelheit über Düsseldorf beobachten können. Als wollte eine höhere Macht sie von ihren Plänen abhalten. „Ich weiß, dass ich nichts weiß" blieb das Ergebnis des Abends.

Doch die Rechercheeindrücke, die Klaudia im Gedächtnis geblieben waren, ließen ihr immer noch eine Gänsehaut über den Rücken kriechen. Sie blieb rücksichtsvoll stehen, um nicht einem asiatischen Touristen vor die Kamera zu laufen, der sich lächelnd bedankte. Ich lebe in einer Stadt, in der andere Urlaub machen und konnte es nie richtig genießen, bemerkte Klaudia verbittert. Der Asiat fotografierte einen Straßenkünstler, der mit bunten Spraydosen und farbverklecksten Pappschablonen Bilder im Airbrushstil im Minutentakt produzierte. Klaudia betrachtete das gerade fertig gewordene Bild im fahlen Spätnachmittagslicht. Eine Fantasielandschaft, bedrückend und doch irgendwie bezaubernd. Ein Weg, lang und steinig, der sich einen zerklüfteten Berg hinaufschlängelte, um am Gipfel einem riesigen Ringplaneten nahe zu sein. Kitsch und Kunst in einem

Motiv vereint, das Klaudia in ihrer bedrückten Stimmung als kurioses Spiegelbild ihres Seelenlebens interpretierte und den Kopf schütteln ließ, als sie den Titel las. „Way to the other side": Der Weg auf die andere Seite. Köhlers oder mein Weg?, durchzuckte sie die Frage und kam zu der Überzeugung, dass im Grunde genommen beides zutraf. Sie riss sich von dem Anblick des Straßenkünstlers los und bummelte weiter.

In einigen Metern Abstand tummelte sich eine kleine Menschenmasse. Neugierig drängte sich Klaudia so weit vor, dass sie auch etwas sehen konnte: Akrobaten. Im warmen Licht mehrerer Feuerfackeln stand ein muskulöser Kahlkopf mit freiem Oberkörper, die Brustwarzen mit Ringen durchstochen und führte sich gerade einen brennenden Stab tief in den Mund. Ablenkung, sehr gut, bemerkte Klaudia. Im orangen Flackern der Fackeln wurde ihr heiß, sie streifte ihre Jacke ab und schlang sie um die Hüften. Vor ihr spuckte der Kahlkopf eine gelbe Feuerwolke aus dem Mund, Klaudia spürte die kurze Hitze auf dem Gesicht. Kopfschüttelnd beobachtete sie, wie sich der Mann dünne Metallspieße durch die Haut schob. Die

Zuschauer applaudierten bei dem martialischen Anblick. Der Kahlkopf zauberte einen weiteren, längeren Spieß scheinbar aus dem Nichts, suchte mit heraushängender, gepiercter Zunge einen Freiwilligen. Klaudia wandte den Blick ab, als der Kahlkopf mit glänzenden Augen auf sie zukam. Zu spät. Schon fand sie sich in der Mitte des Kreises wieder, den kalten Metallspieß in den Händen, auf den sich der Fakir nun mit dem Oberkörper stützen wollte, so dass sein eigenes Gewicht den Spieß in den Körper trieb. Pervers, dachte Klaudia und hockte sich wie angeordnet hin, den Spieß im schrägen Winkel nach oben zeigend. Zu spät bemerkte sie, dass der Manschettenknopf ihrer Bluse sich geöffnet hatte, zu spät merkte sie, dass der Ärmel der weiten Bluse an ihrem hoch gestreckten Arm nach unten rutschte und ihre vernarbte, verunstaltete Haut bloßstellte. Klaudia schluckte schwer. Ein kleines Kind zeigte unverhohlen auf sie, alle schienen sie anzustarren, sie spürte Hitze im Gesicht, die nicht von den orangefarbenen Fackeln ausging. Während sie dort im Mittelpunkt kauerte, die Zuschauer auf ihre von Selbstverletzung gezeichneten Arme zu starren schienen und sich der Spieß langsam in den Oberkörper des Fakirs bohrte, wurde Klaudia eines klar: Köhler sollte sich die Pulsadern durchschneiden. Er sollte bluten wie sie.

35. KAPITEL

Klaudias Manipulation zeigte offenbar schnell Wirkung bei Köhler. Nur einen verregneten Tag später, nachdem Klaudia für sich beschlossen hatte, dass Köhler sich die Pulsadern durchschneiden sollte, klagte er am Telefon über Konzentrationsschwächen, die Klaudia unverhofft an ihre eigenen momentanen Probleme erinnerten. Fred Köhler befürchtete, sein künstlerisches Talent, „die Gabe des Schreibens" zu verlieren.

„Mir fällt es immer schwerer, Gedanken zu Papier zu bringen, sie in Worte zu übersetzen. Gewiss, das ist normal in der schreibenden Zunft! Lesen Sie einmal Thomas Manns ‚Schwere Stunde', in der er Schiller und dessen Schaffenszweifel beschreibt. Zweifel am poetischen Können sind der ständige Begleiter jedes Autors, aber das, was ich durchlebe, ist etwas anderes! Es frisst mich auf. Das ‚produzierende

Triebwerk', wie Thomas Mann die schreibende Kraft nannte, scheint binnen weniger Tage eingerostet."

Klaudia biss sich auf die Unterlippe. In Köhler durften keine Zweifel an der Wirksamkeit ihrer Gespräche keimen, sonst würde er einfach nicht mehr anrufen, würde ihr die Gelegenheit nehmen, durch seinen Tod „ihr Gleichgewicht wieder herzustellen". Nein, mehr noch, er würde verschwinden und zuvor ein Loch in ihr „Floß" schlagen, während er versuchen würde, durch Schwimmen zu entkommen. Köhlers Leben ist längst verloren, meines noch zu retten, redete sich Klaudia ein, während sie beschloss, ihm bei der Überwindung seiner Schreibhemmung ernsthaft zu helfen, nur um die Glaubwürdigkeitsfassade aufrecht zu erhalten. Aber zuvor musste sie die Wichtigkeit der vereinbarten Vorgehensweise hervorheben.

„Also Fred: Natürlich gibt es immer Tiefs, jedoch müssen wir das durchhalten! Positiv denken! Ohne die Täler gibt es keine Gipfel. Das Leben ist wie Literatur! Wenn alle Szenen in einem Roman den Anspruch erheben, gleich wichtig zu sein, erscheint die Handlung nur flach, alles wirkt gleich unwichtig!"

„Ja, das stimmt schon!", pflichtete ihr Köhler bei. „Aber trotzdem, mein Schreiben ist ein guter Indikator darüber, wie mein Seelenzustand ist. Es scheint alles nur schlechter zu werden! Wird es nicht noch schlimmer, wenn wir an der Strategie festhalten?"

„Stellen Sie sich vor", forderte Klaudia ihn auf, „Sie stehen auf einem dunklen Feld. Im Osten geht bereits die Sonne auf, aber Sie blicken noch nach Westen, wo nach wie vor die dunkle Nacht regiert! Es ist immer eine Sache des Standpunktes!"

„Ja, aber seit wir auf diese Weise verfahren, kann ich mich nicht einmal mehr in Gedichten ausdrücken", hielt Köhler dagegen. „Was ist, wenn es schlimmer wird, wenn meine Fantasie versiegt? Ich glaube, das ist bereits geschehen!"

„Ihr kreativer Fluss wird nicht austrocknen!", erklärte Klaudia entschieden und meinte das sogar ernst. „Können Sie sich über irgendetwas Sorgen machen?"

Köhler schien über die Frage irritiert.

„Ja, natürlich!"

„Sehen Sie Fred, Ihnen kommen Ideen über Dinge, die nicht passiert sind, das ist eine Form von Kreativität. Vorstellungsvermögen haben Sie offenbar noch!"

„Gut, aber ich kann mich nicht konzentrieren wegen der Niedergeschlagenheit."

Klaudia erinnerte sich an ein Zitat, das ihr hier und jetzt sehr nützlich erschien:

„Fred, kennen Sie Mario Puzo?"

„Ja, natürlich, der Autor von ‚Der Pate'."

„Wissen Sie, was Puzo einmal sagte? Er sagte: ‚Niedergeschlagenheit ist in Wirklichkeit Konzentration!' Denken Sie mal darüber nach. Und im Übrigen fällt mir da noch etwas aus dem Deutschunterricht ein: Wenn Sie nicht beim Schreiben weiterkommen, dann verlassen Sie Ihre bisherige Arbeit und schreiben Sie ungesteuert irgendetwas, irgendeine Szene. So nämlich entstand Max Frischs formaler Schlüssel für seinen Roman ‚Stiller'."

Köhler schien beeindruckt.

„Das ist toll, Karin! Wirklich toll, danke!"

Papier raschelte im Hintergrund, dann trug Köhler sein Gedicht „Ultima Ratio" vor, ein monumentales Bollwerk poetischer Ausdruckskraft, das er wohl noch unmittelbar vor ihrem letzten Telefonat verfasst haben musste. Tod und Teufel spielten in diesen Versen die zentrale Rolle, das Gedicht griff die biblische Aussage auf, dass Gott den Menschen nach seinem Vorbild schuf, ergänzte diese Vorstellung jedoch um die Komponente, dass der Teufel dasselbe tat. Und eben so ein vom Teufel geschaffener Mensch stellte den Protagonisten des Gedichts dar, eine Figur, in der Klaudia schnell eine heimliche Projektion Köhlers fand. Am Ende beging dieser Mensch einen heroischen Selbstmord, der ihn von seinem schändlichen Dasein befreite. Selbstmord als „Ultima Ratio", eine letzte Möglichkeit, wie sehr trifft dies auf Köhler und mich gleichermaßen zu, bemerkte sie.

„Ich höre, dass der Selbstmord für Sie das Tor zur Erlösung ist", verbalisierte Klaudia Köhlers selbstzerstörerischen Gedanken. „Der Tod macht Sie frei, durchtrennt die Fesseln, die Sie ans Schweigen binden und gleichzeitig davor bewahren, von einem Sturm der Entrüstung der Gesellschaft weggerissen zu werden."

„Ja, genau das fühle ich!", bestätigte Köhler.

„Nun ja, ich verstehe Sie gut!", erklärte Klaudia.

Köhler trug ein weiteres Gedicht vor, das den Titel „Desperat" trug. Klaudia bemerkte im Titel wieder eine ähnliche Doppelbedeutung wie bei „Ultima Ratio", doch dieses Gedicht hatte einen anderen Inhalt und erinnerte sie auf die wohl drastischste Weise daran, dass Köhler nicht der nette Onkel am Telefon war, den sie grundlos zum Selbstmord bewegen wollte. Köhler, der Kinderschänder, das Monster aus Merling, das zu Dingen imstande war, die die meisten Menschen für unmöglich, für undenkbar hielten. Jemand, der einem kleinen Mädchen das Leben auf bestialische Weise für immer zerstört, es gequält hatte über Jahre hinweg, wohl wissend, was er ihm antat. Klaudia fühlte sich taumelig im Kopf, als Köhler endete. Der Inhalt erschien ihr unfassbar!

„Verstehen Sie jetzt, warum ich mit dem Gedanken spiele mich zu töten?", fragte Köhler mit einer unheimlichen Ruhe in der Stimme.

„Ja", brachte Klaudia hervor, „Sie glauben, dass Sie so all dies abstreifen können wie eine Schlange ihre Haut. Das verstehe ich."

„Meine Taten fressen mich auf wie die Schaufelradbagger meine Heimat."

Ja, und deine Taten fressen vor allem *mich* auf, dachte Klaudia und zuckte zusammen, als sie ihren Namen hörte:

„Klaudia hat den Wald in Merling immer den Rotkäppchenwald genannt. So eine Ironie! Denn der böse Wolf aus Rotkäppchen ist nichts anderes als eine Metapher für einen Kinderschänder wie mich!"

„Tja Fred, ich höre, dass die Verzweiflung groß ist, ebenso wie der Wunsch nach Erlösung, den Selbstmord, doch glauben Sie mir, der ist keine Alternative!"

„Und was ist die Alternative?"

„Weiterleben, weiterschreiben. Und sich die Taten in kontrollierten Zeiten auf kontrollierten Strecken – unseren vereinbarten ‚Reue-Kilometern ' – vor Augen führen. Und wenn es danach zu sehr weh tut, dann das vereinbarte Schmerzmittel ... in Form von einigen Minuten an die unendlich schöne Erlösung durch den Tod zu denken."

„Es bleibt aber nicht immer bei ein paar Minuten", erklärte Köhler mit niedergeschlagener Stimme.

Das habe ich auch nicht anders erwartet, du verdammter Kinderschänder, dachte Klaudia.

„Na ja, man kann ja auch Schmerzmittel in höherer Dosis einnehmen. Halten Sie durch und halten Sie sich an das Rezept."

36. KAPITEL

Fred Köhler sieht aus wie ein Schwerverbrecher auf einem Phantombild der Polizei, dachte Klaudia, setzte den Stift ab und betrachtete mit müden Augen die Bleistiftskizze in ihrem Collegeblock. Fast fertig. Einige Falten um den Mund fehlten noch, außerdem der Bartschatten und vielleicht noch ein bisschen mehr Haupthaar, bis zum Vorlesungsbeginn würde sie das schaffen.

Ihr zerfledderter Spiralblock zählte nur noch wenige Blätter, doch sie machte sich keine Illusionen, wusste, dass sie, wenn überhaupt, nicht viel mitschreiben würde. Drei Tage waren seit ihrem letzten Gespräch mit Köhler vergangen, Studientage, die Klaudia keinerlei Wissensgewinn eingebracht hatten. Sie drehte sich um, blickte über die karg besetzten Sitzreihen des Hörsaals und hielt nach Franziska und Lars Ausschau, die „schnell zum Baguettewagen" aufgebrochen waren.

Klaudia wollte den beiden nicht erklären, wen sie da warum karikierte. Warum – darüber war sie sich selbst nicht ganz im Klaren. Sie setzte erneut den Stift an, zeichnete die Augenbrauen nach, verlieh ihnen etwas Diabolisches. Eigentlich ähnelte das Bild Köhler eher wenig, bemerkte Klaudia. Doch die Melancholie in den Augen, die würde selbst Fred erkennen, spürte sie, die würde ihm gefallen.

Sie zeichnete harte Falten neben die dünnen Lippen, verlieh ihm so weitere teuflische Züge, als sie plötzlich eine Stimme direkt neben sich hörte: „Das könnte ja glatt ich sein!"

Sie blickte auf. – Ihre Kinnlade klappte fassungslos herunter. Neben ihr im Hörsaal stand Fred Köhler!

Im ersten Moment verstand Klaudia gar nichts. Der alte Bibliothekar lächelte mit einer Mischung aus großväterlicher Gnädigkeit und jungenhafter Belustigung. Hoffentlich hat er sich nicht als Gasthörer eingeschrieben, schoss es Klaudia durch den Kopf, als sie fassungslos stammelte:

„Fred … was machst du hier in Düsseldorf?"

Köhlers alte Stirn legte sich in Falten.

„Ach, das ist eine komplizierte Geschichte", entgegnete er dann und blickte sich nervös um, als fühle er sich nicht ganz wohl. „Das hier ist doch ein Gebäude der Fachhochschule, oder?", fragte er, während seine Blicke noch durch den weiten Hörsaal wischten.

Klaudia schluckte, bemerkte, dass sie in der Klemme saß.

„Ja", bestätigte sie, ohne zu wissen, wie sie die Geschichte über das Medizinstudium noch länger aufrechterhalten sollte.

„Und was machst *du* hier?", fragte Köhler auch schon.

Klaudia senkte den Blick, starrte auf ihren roten Schnellhefter.

„Weißt du Fred, die Vorlesung hier heißt „Ethik und Moral der sozialen Berufe", daran nehmen wir Mediziner auch teil."

Sie blätterte nervös in ihrem Schnellhefter herum, fand die Texte, die sie zum Thema „Hippokratischer Eid" durchgearbeitet hatten und drückte sie Köhler in die Hand. Der alte Bibliothekar überflog interessiert die Zeilen. Klaudia betrachtete ihn mit unerwartetem Bedauern. Köhler schien seit ihrer letzten Begegnung äußerlich gealtert. Die lichter gewordenen Haare weiter ergraut, das Gesicht schmaler, die Haut schlaffer.

Köhler setzte ab und blickte Klaudia in die Augen. Er lächelte und meinte dann, als hätte er ihre Gedanken gelesen:

„Wie sagte Kafka einst: ‚Solange man Schönheit genießen kann, wird man niemals alt'."

Klaudia nickte apathisch, hörte Köhler kaum, als er fortfuhr:

„Na, dann lerne ich heute ja deine Freunde kennen!"

Bloß nicht, schoss es Klaudia durch den Kopf, als auch schon die schwere Holztür zum Hörsaal krachend ins Schloss fiel. Der Raum füllte sich allmählich, in einigen Minuten würde der Professor am Podium stehen und die Vorlesung beginnen.

„Das sind überwiegend Sozialarbeiter, die kenne ich als Medizinstudentin nicht!", behauptete Klaudia schnell.

Einige Kommilitonen drehten sich zu ihr um, schüttelten verständnislos mit dem Kopf, doch Köhler schien das nicht zu bemerken.

„So Fred, aber jetzt sag mir endlich, was du hier suchst!", forderte Klaudia dann.

Sie hatte einen Verdacht, der katastrophale Folgen hätte.

„Draußen gab es einen plötzlichen Platzregen, deshalb bin ich ins nächste Gebäude geflohen", begann Köhler. „Ich wollte noch einmal im

Leben diese verrückte Stadt sehen!", erklärte er dann.

Klaudia hörte Köhlers innerliche Todesnähe, die in diesem Satz hervortrat. Dann war es, als schlüge ihr jemand mit aller Gewalt in den Magen, als Köhler hinzufügte:

„Soweit ich weiß, ist irgendwo hier das Sorgentelefon beherbergt. Ich wollte meine Freundin im Geiste, die, die mir so sehr hilft, einmal im Leben sehen."

Klaudia kroch der Schweiß aus allen Poren. Wie kann ich ihn von der Idee abbringen?, überlegte sie fieberhaft. Sie sah nur eine Möglichkeit.

„Ich will dich ja nicht davon abhalten, beim Sorgentelefon höflich anzuklopfen, aber ich denke, dass das Peter Fels nicht gerne sehen wird!"

Dann bemerkte sie ihren fatalen Fehler.

„Wer ist Peter Fels?", wollte Köhler wissen.

Klaudia war plötzlich den Tränen nahe.

„Der hauptamtliche Leiter des Sorgentelefons", erklärte sie gezwungenermaßen und spürte, wie sie mehr und mehr die Kontrolle über die Situation verlor.

Köhlers Augen verrieten begeisterte Neugierde.

„Du kennst die Leute vom Sorgentelefon?",
fragte er ungläubig.

„Also, das ist so", stammelte Klaudia los. „Ich
selbst bin nicht beim Sorgentelefon, aber, hier
auf dem Campus, da kennt man es eben."

Köhler fasste ihr an die Schultern, schüttelte
sie fast.

„Klaudia, bitte, du musst mir helfen! Sie bedeutet mir inzwischen genauso viel wie du!"

Klaudia lächelte mit nervöser Künstlichkeit,
blickte sich nach ihren Freunden um, deren
Eintreffen den Super-Gau perfekt machen
könnte. Ein Wort von Franziska oder Lars
über das Sorgentelefon, und die Folgen wären
unkalkulierbar ...

„Sie heißt Karin!", erklärte Köhler weiter,
während er sie immer noch an den Schultern
festhielt. „Karin ist ihrer Stimme nach zu ur-
teilen etwa so alt wie du! – Kennst du sie?"

„Okay, Fred", begann Klaudia mit zitternder
Stimme. „Ich bin mir nicht sicher, ob ich die
gleiche Karin meine wie du, aber ich glaube, ich
weiß, wer sie ist. Ich helfe dir, sie zu finden!"

37. KAPITEL

Urplötzlich überkam Klaudia ein heftiger Brechreiz. Ein schmerzhafter Krampf ließ sie sich zusammenkrümmen, dann schmeckte sie bereits die bittere Galle im Mund, spürte den nächsten Krampf. Sie riss sich von Köhler los, rannte, eine Hand auf den Mund gepresst, zur Tür. Lars Schuler kam ihr entgegen – ein Thunfischbaguette in der Hand – und blickte ihr mit soßenverschmiertem Mund nach. Klaudia hastete durch den düsteren Korridor auf die WC-Tür zu.

Dass Köhler in die FH eingedrungen war, beunruhigte, verstörte Klaudia besonders. Das hier war Düsseldorf, ihr neues Reich, ihre neu erschlossene Lebenswelt, weit, weit weg von Merling, dort wohin Köhler und ihre schreckliche Vergangenheit hingehörten, dort, wo sie auf die Ankunft der gigantischen Bagger warteten, die die Orte ihrer Erinnerungen für immer von der Erde verschlingen würden.

Würgend und zitternd kauerte sie vor einer Toilette und erbrach sich in mehreren Schüben. Sie fühlte sich schwach, elendig und vom Leben ein weiteres Mal verhöhnt. Während sie vor der Toilette hockte und abwartete, ob die

Brechreize endlich vorüber waren, ging sie in Gedanken die drohenden Gefahren durch: Er darf nicht erfahren, dass ich *doch* beim Sorgentelefon bin, darf nicht erfahren, dass ich Karin bin, darf meine Freunde nicht kennen lernen, und sie dürfen *ihn* nicht kennen lernen! Und hoffentlich erzählt er niemandem irgendetwas von diesem Medizinstudium! Kopfschüttelnd ließ sie sich auf den Toilettendeckel plumpsen. In einer Ecke der WC-Kammer wickelte eine dicke Spinne ihre Beute in einen weißlichen Kokon. Irgendwie kam Klaudia diese Szene auf groteske Weise bekannt vor, während sie schwer atmend zu der Spinne hinaufblickte. Dann, ohne für sie erkennbaren Grund, fiel die Spinne herunter, landete vor ihr auf dem Boden. Mit einem wütenden Tritt zerquetschte Klaudia das Tier.

Am Waschbecken spritzte sie sich kaltes, klares Wasser ins Gesicht, blickte in den Spiegel auf diese ermattete, erschöpfte Kreatur, der sie dort gegenüberstand. Hinter ihr schwang die Tür auf, Christina Eitel betrat den weiß gekachelten Raum, trat neben Klaudia an das zweite Waschbecken und zog ihren Lippenstift nach.

„Alles klar?", fragte Christina, ohne ernst gemeintes Interesse.

„Klar", log Klaudia, ohne die geringste Überzeugungskraft, doch das schien Christina nicht weiter zu interessieren.

„Franziska sucht dich!", meinte sie bloß, während sie ihren Lippenstift wieder in der Handtasche verschwinden ließ. „Sie will irgendetwas wegen des Sorgentelefons mit dir besprechen."

Klaudia blickte in den Spiegel. Das Versteckspiel begann.

Schlimmer kann's kaum noch kommen, dachte sie. Fred Köhler ragte neben ihr in der Sitzreihe des Hörsaals auf, hinter ihnen äugten Franziska, Christina und Lars skeptisch zu ihnen herab. Der Philosophieprofessor ordnete am Podium seine Unterlagen.

„Hör zu Fred, wenn wir von der gleichen Karin sprechen, dann sollten wir jetzt am besten verschwinden!", raunte Klaudia ihm zu.

Köhler drehte sich ihr interessiert zu. Klaudia leckte sich über die Lippen.

„Sie hilft in der Bibliothek aus!"

Köhler strahlte.

„So wie du mir früher in der Bibliothek ausgeholfen hast?", fragte er begeistert.

Klaudia drehte sich schnell zu ihren Freunden um, hoffte, dass sie es unauffällig tat.

„Ja, ja genau so, Fred!", versicherte sie ihm.

„Also lass uns verschwinden."

„Nach der Vorlesung!", raunte Köhler zurück und streckte ihr einen Zettel entgegen.

Nervös betrachtete Klaudia ihn. „Wegen Umbauarbeiten ist die Bibliothek erst ab 12.15 Uhr geöffnet", las sie verzweifelt.

Köhler drehte interessiert den Kopf Richtung Podium, wo der Professor zu dozieren begann:

„Auch wenn die soziale Arbeit dazu bestimmt ist, Menschen Leiden zu ersparen, oder gerade deswegen, werden wir uns heute mit dem Thema ‚Moral und Mord' beschäftigen", begann er krächzend.

Klaudia verdrehte die Augen. Nicht auch das noch! Köhler schien begeistert.

„Nicht das geringste Mitleid kann derjenige Mensch empfinden, welcher noch nie einen Schmerz erlitten hat", fuhr der Professor fort.

Klaudia lehnte sich zurück, gab sich innerlich geschlagen. Sie betrachtete Köhler. Ja, in gewisser Weise tat er ihr sogar leid. Seine Fingernägel sind abgekaut, bemerkte sie, als sie seine schwieligen Hände betrachtete. Nägel hat er früher nicht gekaut. Ein Anzeichen für Stress und anderen psychischen Druck, wusste sie und war sich sicher, dass *sie* diesen Stress ausgelöst hatte. Die Wirkung ihrer Manipulation zeigte sich auch in anderer Form. Köhler war abgemagert, sein linkes Auge zuckte immer wieder, auch das schob Klaudia auf die von ihr absichtlich herbeigeführten Belastungen.

„Das Mitleid wird uns durch Auge oder Ohr vermittelt', so Bernhard de Mandeville in seiner Bienenfabel", erläuterte der Professor gerade mit gerunzelter Stirn. „Moral dient eigentlich dazu, Gefahren zu verkleinern, uns selbst Fesseln anzulegen vor unseren eigenen Interessen und denen anderer. Moral trägt aber trotzdem auch zu Gewalttätigkeit und Mord bei, macht sie zum Teil erst möglich, kann zum Bösen anstiften."

Klaudia spürte eine Hand an der Schulter: Franziska hielt ihr einen zum Quadrat gefalteten Zettel hin. Klaudia nahm ihn, faltete ihn auseinander. Ein kleiner Brief. Ein Seitenblick zu Köhler, ob er sie beobachtete – nein, er hörte gebannt dem Professor zu, der gerade fortfuhr:

„Das moralische Universum lässt sich so ver-
schieben, dass einige Menschen einfach her-
ausfallen, diese getötet werden dürfen."

Klaudia ballte die Faust, als sie das Briefchen
ihrer Freunde las.

„Wer ist der Typ?!", stand da in Franziskas
geschwungener Handschrift und dahinter:
„Lars meint, der Alte steht auf dich!"

Klaudia zückte ihren Kuli, setzte an etwas zu-
rückzuschreiben, bemerkte aber, dass sie gar
nicht wusste, was! Achselzuckend begann sie
einfach, notierte das, was ihr spontan in den
Sinn kam.

„Das ist Fred Köhler", begann sie, zögerte und
schrieb dann: „Er kommt aus meinem Heimat-
Kaff. Er ist sozusagen mein Patenonkel und der,
der mein Studium mitfinanziert. Ich schätze,
meine Eltern haben ihn geschickt, um zu prüfen, ob ich auch ‚anständig arbeite', also lasst
mich bitte mit ihm in Ruhe! Und ganz wichtig:
Meine Eltern wollen nicht, dass ich mich für
das Sorgentelefon engagiere, also kein Wort
darüber! Klar!?"

Sie reichte den Zettel über die Schulter, Franziska nahm ihn an, und Lars beugte sich mit
Christina vor, um ihre Antwort mit irritierten

Blicken zu lesen. Klaudia bemerkte Köhlers Notizbuch, aus dem er ihr am Telefon wohl schon so manches vorgelesen hatte, und das er nun auf den Klapptisch gelegt hatte, um eine Ausführung des Dozenten mitzuschreiben: „Der französische Aufklärer Jean-Jacques Rousseau war überzeugt, dass der Mensch von Natur aus Gefühle des Mitleids kenne. Es sei ein angeborener Widerwille, ein anderes empfindendes Wesen leiden zu sehen, schreibt er 1755 in seinem ‚Diskurs über die Ungleichheit'."

Klaudia legte die Hände ins Gesicht, schloss die Augen und wünschte sich, dass dies alles nur ein böser, böser Traum war. Doch sie wusste, dass der wirkliche Albtraum erst nach der Vorlesung in der Bibliothek begann.

38. KAPITEL

Während ich mich wie auf dem Weg zur Schlachtbank fühle, verhält sich Köhler so vergnügt wie ein Kind, das zum Rummelplatz geht, bemerkte Klaudia auf dem Weg über den Campus. Am graublauen Himmel zeichneten sich hier und da farbige Schleier ab, in denen sich

das Sonnenlicht brach und in seine Prismen-
farben auffächerte. Es sah aus, als schwebten
riesige Scherben eines zerbrochenen Regen-
bogens am Himmel. Und davor ragte die hohe
Fassade der Landesbibliothek auf. Hinter diesen Mauern kann es noch einmal richtig kompliziert werden, machte sich Klaudia ein weiteres Mal bewusst. Zum einen hatte sie noch
nicht die geringste Ahnung, wie sie ihr Versprechen, Karin für Köhler zu finden, auch nur
scheinbar wahr machen konnte, ohne sich in
immer weitere katastrophale Widersprüche zu
verheddern. Zum anderen – und das machte
ihr mindestens genauso große Sorgen – müsste
sie sich dort irgendwie ihre ehemalige Tutorin
und Bibliothekenaushilfe Sue vom Hals halten.
Sue war nett, engagiert und so zuvorkommend,
dass, wenn sie Klaudia zwischen den langen
Regalreihen erblickte, sie unaufgefordert die
vorbestellten Bücher aus dem Abholfach holte
und ihr lächelnd entgegenstreckte. Und wenn
ein Buch, wie das, das Klaudia vor zwei Wochen per Fernleihe geordert hatte, „Wissen-
schaftliche Grundlagen für Telefonseelsorger"
hieß, wollte sie nicht, dass Köhler neben ihr
stand, wenn Sue ihr das überreichte!

„Sag mal, Fred, wenn wir Karin gefunden haben, und das werden wir ja, willst du sie nur mal sehen oder auch mit ihr plaudern?", erkundigte sich Klaudia auffallend freundlich.

Köhler hob die schmalen Schultern.

„Ich weiß noch nicht, ob ich mich traue, ihr in die Augen zu sehen und mich ihr vorzustellen", entgegnete er schließlich.

„Okay, du kannst dich ja noch gleich entscheiden!", sagte Klaudia besänftigend.

Riemann würde dein Verhalten als eine „Reaktionsbildung" bezeichnen, merkte sie. Ein psychologischer Abwehrmechanismus, der bewirkte, dass sie sich genau gegenteilig zu ihren Gefühlen verhielt, daher die extreme Freundlichkeit.

Sie erreichten den hohen Eingang der Bibliothek, in der Klaudia Grundlagen für Köhlers Suizidstrategie recherchiert hatte. Köhler griff nach der Tür, hielt aber plötzlich inne.

„Die Philosophievorlesung eben hat mich nachdenklich gestimmt. Ich denke, es gibt auch einen unmoralischen Selbstmord", sinnierte er. „Sagen wir, ich wollte mich umbringen, Klaudia. Ich denke, ich dürfte zum Zwecke meiner Selbsttötung nicht auf der Autobahn vor einen heranrasenden Lastwagen springen, dessen Fahrer in Folge dessen die Kontrolle über sein tonnenschweres Gefährt verlöre, der dann vielleicht selbst an einem Brückenpfeiler endete oder auf den mehrere kleinere Pkws auffahren würden. Nein. Ebenso dürfte ich nicht in den Rhein springen, von der Oberkassler Brücke zum Beispiel, denn dann würden mir vielleicht hilfsbereite Mitmenschen hinterherspringen oder vom Ufer herbeischwimmen, im Glauben mich retten zu können. Doch fänden sie wohlmöglich mit mir ihr nasses Grab an diesem schicksalhaften Tag."

Klaudia blickte zu Boden, dachte nach. Ja, er hatte Recht, das durfte sie nicht von ihm erwarten, es wäre unmoralisch, er hatte absolut Recht.

Bedrückt wanderte Klaudia ziellos mit Köhler durch die Bücherreihen. Neben einem Bücherwagen blieben sie stehen. Klaudia bemerkte Werke von Watzlawick auf der kleinen Ladefläche: „Menschliche Kommunikation" und „Anleitung zum Unglücklichsein". Was tun? Einfach eine Bibliothekarin suchen, in meinem Alter, damit sie zur Stimme passt und Fred sagen: „Das ist sie!"? Köhlers verschwörerisch flüsternde Stimme riss sie aus ihren Gedanken.

„Ich glaube, das ist sie! Sieh nur, Klaudia, wie sie zu uns herüberblickt!"

Gute Arbeit, Klaudia, er wird langsam wirklich verrückt, dachte sie sarkastisch, erschrak aber, als sie bemerkte, zu wem Köhler mit auffälliger Unauffälligkeit hinüberstarrte: Ihre Tutorin Sue stand am Ende der langen Regalschlucht! Sie winkte. Gleich steht sie mit dem Telefonseelsorgerbuch vor mir, dachte Klaudia.

„Das ist nicht Karin, das ist Sue!", erklärte Klaudia und griff nach Köhlers Handgelenk, um ihn fortzuziehen.

„Aber ...! Moment!", protestierte der alte Mann wie ein kleiner Junge: „Vielleicht kennt sie Karin!"

„Heute ist ihr erster Tag hier!", behauptete Klaudia, während sie ihn um mehrere Bücherregale und Lesetische herumbugsierte, nur weg von Sue, die in Richtung Abholfach geeilt war. „Okay, ich frag' mal nach, ob Karin da ist!", beschloss Klaudia und strebte auf einen Info-Tisch zu.

„Arbeitet hier eine Karin als Aushilfe in der Bibliothek?", fragte sie grußlos die beleibte Bibliotheksassistentin.

Die blickte irritiert zu Klaudia und Köhler auf.

„Ja!", antwortete sie dann perplex.

Köhler lächelte freudig, Klaudia hakte unwirsch nach:

„Das ist die Karin, die beim Sorgentelefon arbeitet?"

Die Frau am Info-Tisch begriff zuerst nicht, schüttelte nur den Kopf. Köhlers Schultern sanken vor Enttäuschung herunter.

„Können wir nicht doch beim Sorgentelefon anklopfen?", quengelte Köhler, als sie wieder im weiten Eingangsbereich der Landesbibliothek standen.

Es gibt nur eine Möglichkeit, ihn ein für allemal von der Idee abzubringen, bemerkte Klaudia.

„Peter Fels soll ein richtiger Choleriker sein. Wenn du nicht willst, dass Karin Probleme bekommt, dann lass es lieber!"

Köhler nickte mit trauriger Einsicht und murmelte:

„Das Leben ist nicht fair!"

„Na komm, Fred! Du bist in Düsseldorf, genieß den Tag hier. Du stehst gerade in der Landesbibliothek, das muss doch das Paradies für dich sein."

Ein seliges Lächeln breitete sich in Köhlers gealtertem Gesicht aus. „Ich bin mir sicher, das hätte mir Karin auch gesagt!"

Klaudia versuchte ebenfalls zu lächeln, blickte auf die Uhr.

„Ich muss los!", bemerkte sie.

„Was hast du denn noch alles für Vorlesungen heute?", erkundigte sich Köhler, der sich, wie Klaudia vermutete, noch nicht verabschieden wollte.

„Schulsozialarbeit!" hätte sie fast spontan geantwortet, besann sich aber noch rechtzeitig und hörte sich „Gerichtsmedizin" sagen.

Köhler nickte.

„Es gibt verrückte Zufälle im Leben!", meinte er schließlich. „Dass ich dich in Düsseldorf gefunden habe, ist wieder so ein Zufall."

Ja, zum *zweiten Mal*, dachte Klaudia.

„Wann willst du Karin wieder anrufen?", fragte sie dann.

Köhlers Brauen hoben sich.

„Meinst du, sie ist noch um 19 Uhr da?"

„Auf jeden Fall!", beschloss Klaudia und hoffte, dass dies keine Falle war.

39. KAPITEL

Aus lauter Angst, Fred Köhler ein weiteres Mal eine windige Lügengeschichte erzählen zu müssen – warum *sie*, Klaudia Kraft, die „Medizinstudentin" sich in einen FH-Seminarraum begab –, machte sie sich an diesem Nachmittag tatsächlich in die Medizinische Fakultät auf.

Dort fand sie sich zwischen hoch konzentrierten, echten Medizinstudenten wieder, in einem größeren Hörsaal als der, den sie kannte, inmitten einer Vorlesung zum Thema „Gerichtsmedizin".

Langeweile und Ekel dominierten den Nachmittag, der sich ins Unendliche auszudehnen schien. Angewidert verfolgte Klaudia in einem Powerpoint-Vortrag den Weg eines „mutmaßlichen Suizidanten" durch die Gerichtsmedizin mit, verzog beim Anblick des bizzaren Obduktionsbestecks das Gesicht, wohl wissend, dass Köhlers bald toter Körper diesen letzten, entwürdigenden Weg durch die Gerichtsmedizin antreten würde.

„Du siehst ja aus, als hättest du dem Tod ins Auge geblickt!", begrüßte Peter Fels sie mit sorgenvoller Stimme am späten Nachmittag,

während sich vor dem Fenster des Sorgentelefonraums bereits eine verfrühte Dämmerung
senkte.

Die nächsten zwei Stunden vergingen wie im
Flug. Klaudia nahm mehrere Telefonate an,
„einfache Anrufer", wie sie später dem Supervisor erzählte. „Leute die überwiegend nur
reden, erzählen wollten, keine beraterische
Herausforderung."
Ab 18 Uhr schwiegen die Apparate, was Peter
Fels dazu bewog, bereits um 18.45 Uhr das
Licht löschen und die Tür abschließen zu wollen. „Ist okay, wir müssen ja nicht immer bis
19 Uhr arbeiten!", meinte Klaudia und überlegte, wie sie hier alleine bleiben könnte, wie
sie Köhlers vereinbarten Anruf in einer Viertelstunde doch noch annehmen könnte!
„Ich gehe eben zur Toilette, dann ist für heute
Feierabend! Du kannst gerne schon gehen!",
sagte Fels lächelnd.
Klaudia sprang auf, packte ihre Tasche und
nahm die Jacke vom Haken.
„Ich gehe auch noch schnell zum WC und haue
danach ab!", rief sie im Gehen über die Schulter: „Also, falls wir uns nicht mehr sehen,

wünsche ich dir schon jetzt einen schönen Abend, Peter!"

Sie eilte zum Damen-WC, presste sich hinter der Tür an die Wand und lauschte. Einige Momente später hörte sie Peter Fels leise summend den Gang entlangtrotten, dann das Zufallen der Tür zur Herrentoilette. Der beleibte Religionspädagoge litt an Verdauungsproblemen, wusste Klaudia, er würde eine Weile auf der Toilette bleiben, für gewöhnlich so lange, dass nicht unwahrscheinlich war, dass Klaudia sich bereits auf dem Heimweg befand, wenn er wieder aus der WC-Tür trat. Klaudia knipste das Licht aus, tappte in den hinteren Teil des Waschraums, bis sie eine glatte, kalte Kachelwand vor sich ertastete. Nach einigen Minuten hörte sie erneut die Herren-WC-Tür zuschnappen. Die Tür zum Damen-WC öffnete sich einen Spalt weit, gelbes Licht fiel hinein.

„Klaudia?", hörte sie Fels fragende Stimme in die Dunkelheit rufen.

Nach einigen Momenten verschmälerte sich der Lichtschein, der durch den Türspalt fiel, Fels entfernte sich, und sie hörte das laute Zufallen der Drahtgittertür, bevor der Schlüssel im Schloss klackte. Klaudia atmete erleichtert aus. Hinaus kam sie spielend, von innen ließ sich die Tür immer öffnen.

Sie tastete sich gerade vorsichtig an der gekachelten Wand entlang, als sie das entfernte Klingeln eines Telefons hörte. Kein Zweifel, das war Fred Köhler.

40. KAPITEL

Klaudia tappte durch die Dunkelheit. Sie wollte das Licht nicht anknipsen, stellte sich vor, wie das Fenster hier im ersten Stock sonst wie ein Leuchtturm weit über dem dunklen Campus zu sehen wäre, wie Peter Fels in weiter Entfernung verwundert stehen bleiben und sogleich zurückkehren würde.

Das Telefon klingelte unentwegt aus der Düsternis zu ihr herüber. Klaudia stutzte, blickte angestrengt auf die Stuhllehne vor einer der Telefonkabinen. Das durfte doch jetzt nicht wahr sein!

„Scheiße!", murmelte sie mit einer Mischung aus Verzweiflung und Verärgerung.

Peter Fels' karierter Schal schmiegte sich dort wie eine Plüschschlange an den Stuhl. Das Telefon klingelte immer noch. Klaudias Blick wanderte hinüber zum Kleiderhaken.

„So ein Depp!", entfuhr es ihr.

Der Supervisor hatte dort auch noch seinen schwarzen Regenschirm vergessen! Klaudia sprang zum dunklen Fenster, kniff die Augen zusammen und versuchte zu erkennen, ob es regnete. Nein. Wenn sie Glück hatte, saß Peter Fels inzwischen in einer der roten Straßenbahnen und fuhr durch die Dunkelheit gen Hauptbahnhof, ohne seine Unachtsamkeit zu bemerken, überlegte Klaudia, während sie zum Hörer griff.

„Mein ganzes Haus wird von bestialischem Verwesungsgeruch dominiert!", hörte sie Köhlers gepresste Stimme.

„Sie riechen den Verwesungsgeruch gerade im Moment?", versicherte sich Klaudia, die zwar noch nicht wusste, was sie von dieser Geschichte halten sollte, aber bereits spürte, dass er es wörtlich und nicht metaphorisch meinte.

„Ja!", kam Köhlers Antwort gedehnt. „Ist so, als verrotte ein riesiger Kadaver eines monströsen Geschöpfes, unsichtbar versteckt hier in meinem Heim. Ich habe alle Schränke und Türen aufgerissen, Schubladen durchwühlt, es ist wie ein Gestank, der aus meiner dunklen Zukunft herbeiweht!", klagte Köhler.

Klaudia begriff. Die Halluzination eines „fauligen Geruchs" war ein mögliches, wenn auch seltenes Symptom einer Depression. Köhlers Seelenzustand schien sich immer weiter zu verschlechtern.

„Ach Fred, wenn Sie nichts gefunden haben, ist da auch nichts. Das geht ganz von allein wieder weg", behauptete sie.

„Mir geht's, glaube ich, immer mieser", hauchte Köhler matt.

„Das glaube ich nicht! Wie sagt der Volksmund? Unkraut vergeht nicht!", rief Klaudia in den Hörer. Und als er mit hilflosem Schweigen darauf antwortete, fügte sie hinzu: „Na kommen Sie! – Ich versuche Sie aufzumuntern!"

„Danke!", kam es aufrichtig aus dem Hörer.

Klaudia versuchte, ihn mit dem absichtlich nutzlosen, ja wie sie fand – billigen – Trost abzuspeisen, um ihm so keine brauchbaren Ratschläge geben zu müssen. Er glaubte zwar oberflächlich, dass sie ihm half, aber bereits mittelfristig versagten die Floskeln bei seiner täglichen Problembewältigung. So würde es weiter mit ihm bergab gehen, war sich Klaudia sicher.

„Ich hab' ständig so eine diffuse Angst!", wimmerte Köhlers Stimme aus dem Hörer.

„Wenn einer keine Angst hat, hat er keine Fantasie, hat Erich Kästner einmal gesagt!", hielt Klaudia dagegen. „Sie Fred, sind Schriftsteller, Fantasie gehört zu Ihrem Dasein. Und somit auch die Angst. Akzeptieren Sie diese als Teil von sich!"

Köhler schnaufte in den Hörer.

„Das Verdichten von Worten im doppelten Sinne", begann er dann mit bedrückter Freude. „Ich glaube, es gibt eine Evolution der Ideen. Ideen entstehen, verändern, verbessern sich, einige sterben aus, die besten kommen durch. Doch bei mir hat das große Sterben begonnen, mein Notizblock ist ein Massenfriedhof für kränkelnde, dahinsiechende Einfälle und Visionen. Es bleibt mir nur noch das Genie der echten, der großen Autoren zu genießen – und mich darin wiederzuerkennen."

Es raschelte im Hintergrund, dann rezitierte er mit unerwartet fester Stimme:

„Und rächte es sich, so wollte er den Göttern trotzen, die Schuld schickten und dann Strafe verhängten.' Thomas Mann in ‚Schwere Stunde'. Ebenso: ‚Er hatte gelebt, wie er leben musste, er hatte nicht Zeit gehabt, weise, nicht Zeit, bedächtig zu sein.'"

Klaudia bemerkte nicht nur, dass Literatur ein seelischer Rettungsring für Köhler war, nein, auch pervertierte er deren Aussagen, projizierte Botschaften auf sich, bestätigte sich so in seinen Rollen, der des Schreibenden und der des Pädophilen. Objektiv hatten die aus dem Zusammenhang gerissenen Zitate weder mit Köhler noch mit seiner Lage auch nur das Geringste zu tun.

„Es stimmt mich traurig, dass mich die Fähigkeiten und Fertigkeiten des Poeten verlassen."

„Trauer ist das Anerkennen eines Verlustes", erklärte Klaudia.

Schweigen. Das hatte er wohl nicht hören wollen. Nach einer sekundenlangen Pause begann Köhler wieder zu sprechen. Dumpf, schleppend, gequält. Er erzählte von seiner Verzweiflung, erwähnte aber mit keinem Wort die Suche nach „Karin". Klaudia lenkte das Gespräch bewusst in seichtere Gewässer, ließ ihn ausführlich über seinen Alltag sprechen, um so die tief greifenden Probleme zu umschiffen, nicht zu thematisieren und so keine Lösungen zu bieten.

Während Köhler ihr stockend von seinen einsamen Spaziergängen erzählte, fielen Klaudia die Fragen ein, die sie Köhler in dieser Situation eigentlich als Beraterin stellen müsste: „Woran würden Sie erkennen, dass es Ihnen besser geht?" „Wie würden Sie sich dann verhalten?" „Warum verhalten Sie sich nicht jetzt genau so?" Klaudia glaubte, dass weder Köhler noch irgendein anderer problembeladener Mensch permanent von seinen Belastungen gepeinigt würde. Sie müsste mit Köhler herausfinden, in welchem Kontext er sich wohl fühlte, die quälenden Gedanken abwesend waren. Welche Personen wären in solchen Situationen bei ihm? Wo befände er sich dann? Was täte er in diesen seltenen Glücksmomenten? Doch sie brachte Köhler absichtlich dazu, genau das Gegenteil zu tun.

„Stellen Sie sich Ihren Ängsten, Fred! Ich weiß ja, dass Sie der Anblick der Bagger belastet, aber gehen Sie trotzdem an den Rand der Grube und betrachten Sie sie. Nur für zehn Minuten am Tag!", riet sie ihm und würgte den gemurmelten Protest aus dem Hörer schnell ab.

„Naja, ich denke, allein der traurige Weg dorthin tut mir nicht gerade gut."

„Sie meinen also, die einsamen Spaziergänge belasten Sie? Fred, jeder hat sein Päckchen zu tragen, das schaffen Sie schon."

Deins ist inzwischen nur etwas größer, dachte Klaudia. Dir fehlt Geborgenheit. Räumliche Geborgenheit verspürst du in deinem einsamen Hexenhäuschen in deinem Geisterdorf am Ende der Welt wohl kaum noch. Soziale Geborgenheit? Menschen, die dir guttun, Menschen, denen du guttust? Niemand. Da stellt sich jedem schnell die „Sinn-Frage", das begünstigt deine suizidalen Tendenzen mehr und mehr.

Köhler murmelte mit beinahe peinlich berührter Stimme, wie viel sie ihm mittlerweile bedeute. Ich mache ihn von mir abhängig, bemerkte Klaudia. Köhler wartete mehr und mehr auf ihre Ratschläge, entwickelte sich zum immer unselbstständigeren Anrufer. Karin hat immer Recht, Karin ist die einzige Person, die mich versteht und annimmt. Ohne Karin kann ich meinen Alltag nicht mehr meistern, formulierte Klaudia im Geiste Köhlers falsche Leitsätze, nach denen er lebte, ohne sich dessen bewusst zu sein. Doch in seinen Aussagen und deren Zusammenhang spürte sie mit detektivischer Raffinesse weitere seiner dysfunktionalen Gedanken auf: Die ganze Welt ist verrückt, ich habe ständig Grund mich zu fürchten, der einzige Ausweg ist mein Tod. – In der psychosozialen Beratung müsste ich versuchen, diese Leitsätze zu verändern, hier verstärke ich sie, denn sie sind Richtungsweiser auf dem Weg ins Nichts, dachte Klaudia und sagte:

„Ich verstehe Sie ja. Das Wetter spielt ja auch hier verrückt. Alles gerät aus den Fugen. Das ist nicht Ihre Schuld!"

„Oh ja, da haben Sie Recht!", jammerte Köhler.

„Das Leben ist hart", entgegnete Klaudia, „und dafür, dass wir uns im Diesseits diesen Härten stellen, werden wir es im Jenseits umso besser haben."

„Ja", antwortete Köhler mit schwärmerischer Stimme. „Das Jenseits, die Rückkehr in den Garten Eden! Dort ist alles besser. Mit jedem Tag, nein mit jeder Stunde werde ich mir dessen sicherer!"

41. KAPITEL

„Der ultimative Sturm, der auf Nordrhein-Westfalen zurast, war heute das alles beherrschende Thema in den Medien", hörte Klaudia Kraft aus dem Radio. Sie zog die Stirn kraus, blickte weiter aus dem Fenster ihrer Wohnung in die hereingebrochene Nacht, während die sonore Stimme des Radiomoderators fortfuhr:

„Tornado-Warnungen sind in Deutschland glücklicherweise selten nötig. Nun ist es soweit, die Experten sprechen von einer, so wörtlich, ‚unberechenbaren Wirbelsturmgefahr, wie sie beispiellos in der Geschichte der deutschen Wetteraufzeichnungen ist'."

Klaudia hörte die meteorologische Hiobsbotschaft so unbeteiligt, als ginge sie das alles nichts an, was sich dort über ihrem Dach in den Höhen der Atmosphäre zusammenbraute, um schon bald über Stadt und Land herzufallen. Es war ihr egal, und sie hatte den ganzen Tag nichts von den publizierten Sorgen der Experten mitbekommen. Was soll's, dachte sie sich, blickte zum Nachthimmel: Eine große, bleiche Mondsichel, dürr, abgemagert wie Köhlers Gesicht. Dann verschwand sie mit den matt schillernden Sternen innerhalb von Sekunden hinter einer zäh wie Schlacke über das Firmament kriechenden Wolkenschicht. Innerhalb von Sekunden war der Himmel schwarz. Klaudia wandte sich ab, wollte gar nicht wissen, was dort vor ihrem Fenster passierte. Sie betrat das Badezimmer, streifte ihre Kleidung ab und duschte sich geistesabwesend. Sie griff nach ihrem Damenrasierer, entnahm die Klingen und betrachtete sie. Der Drang, sich eine der glänzenden Klingen ins Fleisch zu schlagen, keimte, wuchs schnell. Mal benutze ich die Dinger zur ästhetischen Verschönerung, dann zur bestialischen Verschandelung, dachte Klaudia. Der Drang verstärkte sich weiter.

„Nein, es gibt immer einen Ausweg", murmelte sie und zuckte zusammen, als ihr Telefon losschrillte.

Sie band sich gewohnheitsgemäß ein Handtuch um und tappte barfuß in ihr Wohn- und Arbeitszimmer, griff nach dem Hörer – und zuckte zurück, als hätte sie einen Stromschlag bekommen. Die Nummer, die das Display anzeigte! Mehrfach tauchte darin die 19, ihre Glückszahl, das Alter in dem sie von zuhause ausgezogen war, auf. Die einzige ihr bekannte Telefonnummer, die so oft die 19 enthielt, war die von Dr. Kramers Praxis! Der Psychiater, bei dem sie die letzten Termine unkommentiert abgesagt hatte, aus Angst, er könne sie durchschauen, ihre Pläne, grotesken „Ausgleichspläne", erahnen ...

Es war schon spät, er machte sich wohl Sorgen und wollte nun wissen, was los war. Klaudia biss sich auf die Lippen. Nein, das alles stand sie alleine durch. Das Telefon klingelte weiter, Klaudia stand davor und überlegte angestrengt. Kramers Nummer wurde angezeigt. Was bedeutete das für ihren Plan? – Sie wusste, dass sie Köhlers Selbstmord nicht am Telefon auf dem Campus begleiten könnte. Nein, Klaudia wollte an jenem bedeutenden Tag ihn selbst anrufen, von hier aus, wo sie ungestört waren. Sie wollte sich vorher *seine* Nummer geben lassen, damit er nicht ihre benötigte, das war der Plan. Aber würde Köhler dann ihre Telefonnummer auf seinem Display angezeigt bekommen? Könnte irgendjemand irgendwann nachvollziehen, wer ihn wann angerufen hatte? Das musste sie unbedingt rechtzeitig klären, sie wusste auch schon wo und wie.

Dr. Kramer gab auf, das Telefon verstummte. In gewisser Weise erleichterte Klaudia das. Sie ging zu ihrem Schreibtisch hinüber und wühlte in der untersten Schublade. Schließlich zog sie ein altes Adressbuch heraus, blätterte neugierig darin. Ja! Wie sie vermutet hatte: „Fred" stand dort in einer Spalte, der zweite Eintrag direkt unter ihren Eltern. Es war ein altes Adress-buch, Fred Köhler hatte es ihr zum bestande-nen Abitur geschenkt. Sie warf es zurück in die Schublade, wollte sie gerade wieder zu-wuchten, als sie inne hielt. Lag da etwa das, was sie vermutete? Sie griff erneut hinein, zog diesmal eine Postkarte heraus. „Viele Grüße aus Wien", las sie leise und drehte die Karte um. Wieso hab' ich das Ding überhaupt mit nach Düsseldorf genommen?, fragte sie sich fassungslos. Die Schrift erkannte sie sofort: die von Fred Köhler! Er hatte sie ihr aus seinem Sommerurlaub in dem Jahr geschickt, als sie ins zweite Schuljahr versetzt worden war. Klaudia überflog die Zeilen auf dem vergilbten Papier. Köhler schrieb über die „wunderliche Fried-hofskultur der Wiener". – Dann: *Ich will bis an mein Ende den Kontakt zu dir hegen und pflegen."* Klaudia prustete, las weiter. „Ich habe viele Fotos gemacht. Du magst doch Fotos! Und weißt du was, liebe Klaudia? Wenn ich zurück bin, dann kommst du zu mir, und wir sehen uns alle Fotos zusammen an! Oder noch besser, wir gehen in den Wald! Und weißt du, was wir dort machen? Ja genau, wir sehen uns dann noch mal die Fotos an, und ich lese dir aus „Dornröschen" vor. Eine Dornenhecke haben wir ja schon und du bist meine Prinzessin!" Klaudias Mund stand fassungslos offen. Die Karte endete mit den dreisten Worten: „Bestell' auch deinen Eltern einen schönen Gruß von mir!"

Wütend zerriss Klaudia die Karte. Ja, Dornröschen, das Märchen hatte sie gemocht, aber nie hätte sie geahnt, dass es auch einmal zur Metapher ihres Lebens werden würde. Die Ginstertriebe als Dornenhecke, als ein Fluch, der sie vom Leben abhielt, undurchdringbar einschloss. Der Märchenprinz, der sie mit einem liebevollen Kuss erlöste, war nie gekommen.

Verzweifelt strich sich Klaudia über die Stirn am Haaransatz entlang. Dort lag die erste Narbe ihres Lebens versteckt. Als sie sie berührte, sah sie sich plötzlich als kleines Kind vor sich stehen. Ihr Gesicht war von Tränen und Blut verschmiert. Köhlers aufgeregte Stimme hallte aus der Vergangenheit zu ihr herüber: „Die Ginstertriebe haben sie verletzt! Sie ist mit dem Gesicht in die Ginstertriebe gefallen!"

Es war in diesem Moment für Klaudia mehr als ein innerer Film, ja sie kehrte in der Zeit zurück, sah wie eine unsichtbare Beobachterin Köhler, ihre Eltern und sich selbst wieder als Kind mit Tränen und blutverschmiertem Gesicht, hörte ihre weinerliche Stimme, die beruhigende, dennoch aufgeregte Stimme Fred Köhlers und die herzlos über die „gerechte Strafe für ihre Dummheit" schimpfende Mutter. Dunkle, lange verschüttete Erinnerungen krochen aus ihrem Unterbewussten herauf: Köhler hatte ihr an jenem Tag ihre erste Narbe zugefügt. Dabei hatte sie doch nur weggewollt, gewollt, dass „es" endlich, endlich aufhört.

„Fred Köhler hat mein Inneres getötet, nein, meine Seele schwer verletzt, hat ihr Schnitte zugefügt, die sie ausbluten lässt, ein Mord auf Raten von innen!", murmelte Klaudia.

Was sollte sie tun? Sie torkelte benommen ins Badezimmer zurück, begann sich die Beine zu rasieren. Der Drang, sich zu verletzen, wuchs ins Unaussprechliche. Doch bevor sie ihm nachgeben konnte, rutschte sie mit zitternder

Hand ab, schnitt sich ungewollt ins Bein. Rotes Blut kroch ihr kribbelnd wie ein krabbelndes Insekt Richtung Knöchel, floss in die weiße Duschtasse. Sie musste an die Badewanne von Fred Köhler denken, daran, dass er sie dort oft nach ihren Waldspaziergängen gebadet hatte und an viel Schlimmeres. Ihr Blut rann weiter in die Duschtasse, vermischte sich mit klarem Wasser, bildete Schlieren darin und wirbelte in den Abfluss. Eines wurde Klaudia in diesem Moment klar, in diesem grausamen Moment, in der sie die Kontrolle endgültig verlor und sich noch blutigere Schnitte zufügte. Fred Köhler würde in der Badewanne, in der er sie einst gezwungen hatte, ausbluten.

42. KAPITEL

Wenn Fred Köhler wieder anruft, werde ich mit ihm vereinbaren, dass, wenn es soweit ist, er sich die Pulsadern aufschneidet, formulierte Klaudia am nächsten Tag auf dem Weg zum Sorgentelefon ihr nächstes Gesprächsziel mit Köhler. Absolute Windstille auf dem weiten Campus, kein spürbares Indiz dafür, dass die Tornado-Warnungen begründet waren, mit der Klaudias Radiowecker sie an diesem feuchtkalten Morgen begrüßt hatte. Nur ein diffuser Niederschlag, zu groß für Nebel, zu fein für Nieselregen durchnässte die Luft.

Klaudia nahm im Sorgentelefonraum Platz.

„Du schwänzt auch wieder?", hörte sie Christina Eitels fassungslose Stimme aus einer der Kabinen.

Glücklicherweise klingelte das Telefon vor Christina, und Klaudia blieben weitere bohrende Fragen erspart.

Fred Köhler rief pünktlich um 10 Uhr an.

„Der Dichter zerlegt Gefühle in Worte und hofft, dass der Leser sie wieder zusammensetzen kann, um sie in der eigenen Seele zu spüren", leitete er mit müder Stimme, die jeglichen Optimismus vermissen ließ, seine kleine Telefonrezitation ein:

Ein blutrünstiges Gedicht, in dem er die Elemente aus Sigmund Freuds Instanzenmodell in archaische Fabelwesen verwandelt hatte. Ein Gedicht über Krieg. Ein apokalyptischer Endkampf: „Es" versus „Über-Ich", bevor sich messianisch das „Ich" offenbarte, das seinen Willen mit göttlicher Allmacht durchsetzte, immer dann etwas wollte, wenn es aus rationalen Gründen zu dieser Erkenntnis kam und so eine Moral begründete. Klaudia empfand es als kompliziert, den Metaphern zu folgen, verstand aber die Verse, da sie das Instanzenmodell kannte.

„Schiller, der Schriftsteller und Arzt, sprach schon in seiner Zeit von Stress. Sicher nannte er es anders", leitete Köhler zu seinen schwelenden Seelenqualen über. „Jedenfalls mache Stress Menschen krank. – Erst die Seele, dann den Körper, so Schiller. Aber: Poesie helfe dagegen."

„Da hat er sicherlich Recht, Fred. Aber Poesie ist zuerst auch nur ein Gedanke. Was machen *Ihre* Gedanken?"

„Als Autor muss ich von den guten Gedanken im wahrsten Sinne des Wortes Notiz nehmen. Doch meine Gedankenwelt wird von Tod und Zerstörung beherrscht. Und von dem Gedanken, dass dies eigentlich nur der harte Weg in eine bessere Welt sein kann, eine, die ich mir so vorstelle wie das, was ich in paradiesischer Vergangenheit zu Papier brachte, als ich noch ohne Angst leben konnte."

„Wie konkret sind Ihre Gedanken denn, Fred?"

„Nun … Ich bin mir nicht sicher, welche Art des Selbstmordes ich derzeit favorisieren würde. Sie scheinen alle irgendwie abscheulich und unendlich beängstigend, wenn auch auf groteske Weise grenzenlos verlockend zugleich."

„Spiele ich in Ihren Selbstmordfantasien eine Rolle?", fragte Klaudia.

Zögerndes Schweigen. Dann:

„Ja. – Der Gedanke an den Tod ist schön, der ans Sterben nur mit Ihrer akustischen Präsenz erträglich."

„Nun Fred, denken Sie daran, Sie sollen sich nicht umbringen! Alles, nur nicht das! Sie sollen sich nur mit den schönen Seiten des Todes auseinandersetzen, damit Sie hier im Leben diesen emotionalen Vorgeschmack des Jenseits bereits genießen können. Nicht mehr und nicht weniger!"

Köhler schwieg, wartete – wie so oft – auf konkrete Anweisungen von Klaudia.

„Ich denke, wir konkretisieren Ihre Selbstmordfantasien. Das macht sie greifbarer und damit sicherlich für Sie genießbarer."

„Und wie geht das?", wollte Köhler wissen.

„Zuerst Fred, versprechen Sie mir, dass Sie nur an Sterben und Tod denken, wenn Sie das Leben nicht anders aushalten! Als Schmerzmittel, Sie erinnern sich."

„Ja!"

Köhler klang ungeduldig gequält, wie ein gepeinigter Patient, der sein Morphium will, und dessen Arzt unerträglich lange über Nebenwirkungen der Droge doziert. Stell ihm eine Reihe von Fragen, die er sicherlich mit „Ja" beantwortet, dann ist die Wahrscheinlichkeit höher, dass er auch dann „Ja" sagt, wenn du ihm am Ende der Kette die wichtigste Frage stellst, überlegte Klaudia und begann:

„Wollen Sie einen Zustand der Angstlosigkeit?"

„Ja."

„Sie glauben, dass der Tod Erlösung bringt?"

„Ja."

Jetzt noch eine Suggestivfrage, dachte Klaudia:

„Glauben Sie nicht auch, dass Sie dann am würdevollsten gehen können, wenn Sie sich die Pulsadern durchschneiden?"

Schockiertes Zögern.

Klaudia legte nach:

„Das beweist Mut und innere Stärke, die Ihrer Umwelt die unsterbliche Nachricht vermittelt:

Ich, Fred, habe es mir nicht leicht gemacht zu gehen!"

Er schwieg immer noch. – Dann, ängstlich:

„Das könnte ich nicht. Sich ein Messer nehmen, an die eigenen Arme zu setzen und es hineinzubohren, dass ist doch ..."

Er suchte krampfhaft nach Worten, bevor er gepresst hervorbrachte:

„Sich die Arme aufzuschneiden, das ist doch ... pervers! Krank!"

Oh ja, dachte Klaudia und ärgerte sich noch mehr, als Köhler sagte:

„Ich kann mir einen Tod mit aufgeschnittenen Armen nicht vorstellen."

Und *ich* kann mir ein *Leben ohne* aufgeschnittene Arme nicht vorstellen, schrie es in Klaudia schmerzhaft auf.

„So könnte ich Sie am besten bis zum Schluss begleiten", hörte sie sich mit sanftem Nachdruck sagen.

„Oh!"

Köhler klang überrascht, wollte, dass sie dabei wäre bei dem Szenario, das für ihn längst nicht mehr nur ein emotionales Schmerzmittel war. Klaudia wusste, wie sie ihn weiter unter Druck setzen konnte. Sie musste andeuten, den Kontakt zu ihm abzubrechen, denn das fürchtete er wohl besonders.

„Bitte, wenn Sie meinen Rat nicht annehmen können, dann nehme ich Ihnen das wirklich nicht übel, Fred! Ehrlich! Wer heilt, hat Recht. Und wenn das in Ihrem Fall jemand anders ist, dann bitte, ich freue mich für Sie!"

„Nein, nein!", ereiferte sich Köhler. „Wenn mich noch einmal auf meinen einsamen Spazierwegen die Trauer überfällt, werde ich diese Gedanken meinem emotionalen Schmerzmittel beimischen!"

„Aber nur dann, Fred, nur dann!", rief Klaudia in den Hörer.

Und das wichtigste Argument zum Schluss, denn das wird er sich merken, das bleibt bei ihm hängen:

„Haben Sie gewusst, das Borderline-Patienten, Menschen, die sich selbst verletzen, dieses Schneiden sogar als hilfreich und erlösend empfinden?", fragte sie und konnte die blutigen Bilder des letzten Abends nicht länger aus ihrem Gedächtnis verbannen.

„Tatsächlich?", hauchte Köhler. „Nein, das wusste ich nicht. Woher auch! Solche Leute kenne ich nicht!"

43. KAPITEL

Das Warten auf Fred Köhlers Selbstmord erschien Klaudia in den nächsten drei Tagen unerträglich. Er oder ich, jemand wird sterben, sagte sie sich, während sie mit dunklen Augenringen im düsteren Seminarraum saß. Der leise summende Overheadprojektor projizierte ein hell leuchtendes Jesusbild an die Wand. Jesus blickt zu mir herab, sieht aus, als könnte er mir ins Herz schauen, er scheint zu Tode betrübt zu sein, dachte Klaudia. Sie wandte den Blick ab. Das Bild wollte sie nicht länger sehen müssen. Es erinnerte sie an Merling, wo eben genau dieses Motiv in der Sankt-Michaels-Kirche den Altar zierte, dort wo Pfarrer Gottlieb mit seiner etwas zu hohen Stimme die Totenmesse von Fred Köhler lesen würde, der Totenmesse, von der nur er und sie wussten, dass sie immer näher rückte. Theo Riemanns Worte ließen sie zusammenzucken:

„Im Hintergrund sehen Sie Ginstertriebe!"

Klaudia zwang sich noch einmal, das Bild zu betrachten. Mit verklebten Augen spähte sie angestrengt auf das fromme Motiv. Das hatte sie in ihrer ganzen Kindheit noch nie bemerkt: Ginster!

„Er wird häufig mit den Sünden der Menschen oder auch den Marterwerkzeugen bei Jesu Leidensgeschichte in Verbindung gebracht. – Ginster also ein durch und durch trauriges Symbol?", stellte Riemann die Frage in den düsteren Seminarraum, um sie sogleich zu beantworten: „Nein! Nein, Ginster ist auch ein Symbol der ‚Erlösung!‘"

Oh ja, dachte Klaudia, Erlösung. Für mich *und* für Köhler – durch seinen Tod.

Riemann schloss seine Einleitung zum Thema „Vergebene Vergebung – Himmel oder Hölle?"

In ihren Gedanken sah Klaudia immer wieder Fred Köhler, wie er zum Messer griff, ansetzte ... Sie betrachtete das Szenario aus sämtlichen Perspektiven, immer wieder fielen ihr neue ein, ob sie wollte oder nicht.

Nach einer von mörderischen Gedanken beherrschten Stunde saß Klaudia mit ihren Kommilitonen in der U-Bahn. Ein Trupp bewaffneter Bundespolizisten durchkämmte die Waggons. Terrordrohung in Düsseldorf, keine Übung. Selbst Klaudia musste den Reißverschluss ihres Rucksacks aufziehen, damit der groß gewachsene Polizist mit fachmännischer Skepsis hineinspähen konnte, während LSD begeistert rief:

„Ich will wirklich mal jemanden kennen lernen, der in der Lage ist, einen anderen Menschen so zu manipulieren, dass der sich umbringt, nur weil ihm jemand anderes sagt, dass das gut ist!" Klaudia saß direkt neben ihm, lächelte nur matt und blickte auf LSDs Metal-T-Shirt mit dem Bild eines Mannes auf dem elektrischen Stuhl und dem Schriftbanner: „Menschliche Monster oder monströse Menschen?"

Als sie später allein durch den Medienhafen spazierte, sich den kühlen Herbstwind um die Ohren blasen ließ und die kunstvollen Gebäudeskulpturen von Frank Gehry betrachtete, die bunte, lebendige Farbenfreude des sie umgebenden Stadtpanoramas, war sie sich plötzlich absolut sicher, dass sie dies alles schon bald endlich und zum ersten Mal wirklich genießen könnte. – Sehr bald. Sie erreichte einen Kiosk, die Zeitungsaufmacher kannten an diesem Tag nur ein Thema: „Der ultimative Sturm". Klaudia ignorierte die beängstigenden Überschriften und alarmierenden Satellitenfotos auf den Titelseiten, blätterte in einem Magazin. Horoskope. Ihr Sternzeichen war Waage, das Gerechtigkeitssymbol. „Bedenken Sie Ihre Optionen", las sie. Sie setzte ab, fühlte sich bei-

nahe von einem namenlosen Astrologieschrei-
berling ertappt. Dann las sie den zweiten Satz:
„Vieles lässt sich nicht rückgängig machen!"
„Oh ja!", murmelte Klaudia. „Genau das ist
Freds und mein Problem."

44. KAPITEL

Das Telefonat mit Fred Köhler am nächsten
Tag versetzte Klaudia einen unbeschreiblichen
Schock. All ihre Hoffnungen, gemeinsam mit
Köhler ihre Probleme aus der Welt zu verbannen, den erlösenden „Ausgleich" zu schaffen,
schienen zerstört. Der bringt sich nicht um,
dachte Klaudia, davon ist er weit entfernt, im
Gegensatz zu dir! Köhler wiederholte mit stol-
zem Pathos den erschütternden Satz: „Ich
werde einen Roman schreiben!"
So ein Projekt wird ihm Halt geben, einen Le-
benssinn verleihen und ein Ventil für seine
Probleme eröffnen, vermutete Klaudia, während Köhler fortfuhr:
„Ich habe bereits einen Titel! ,Das Schloss' soll
auf dem Buchdeckel stehen. Es ist eine gigantische Metapher für meine Psyche," erläuterte
Köhler aufgeregt. „Das Schloss steht zum einen
für eine prunkvolle Residenz, ein herrschaft-

liches Domizil, zum anderen für das Einge-schlossensein hinter schweren Toren, das in Abgeschiedenheit leben, Gefangener seiner Selbst sein."

Fassungslos hörte Klaudia, wie Köhler mit väter-lichem Stolz erklärte, er habe schon die ersten fünf Seiten geschrieben, in einem stunden-langen Schöpfungsakt während der letzten Regennacht.

Alles gescheitert, dachte Klaudia, als Köhler begann vorzutragen. – Doch dann bemerkte sie, dass Köhlers Psyche in einem schlechteren Zustand als je zuvor war, dass sein großes Romanprojekt nur ein letztes, verzweifeltes Aufbäumen vor seinem unabwendbaren Selbstmord darstellte. Der Roman war eine schriftstellerische Katastrophe: Köhlers einst so flüssige Formulierungsgabe schien versiegt. Die Sätze wuchsen in ihrer Länge zu unbe-zwingbaren Monstern an, er reihte mitunter fünf, sechs schwulstige Adjektive hintereinan-der, und sein roter Faden riss bereits auf der ersten Seite ab. Ein Handlungschaos, voll see-lenloser Charaktere. Umso länger Köhler las, desto mehr Selbstzweifel mischten sich in sei-ne alte Stimme. Jetzt beim lauten Vortragen schienen auch ihm die unzähligen Stilmängel aufzufallen. Mitten in einem Satz brach er ab.

„Ich bin am Ende, Karin, kann nicht mehr schreiben!", jammerte er in den Hörer, den Tränen wohl nahe. „Karin, was meinen *Sie*?"

Ja, du bist am Ende, bemerkte Klaudia in Gedanken und musste im selben Moment bei dem Titel „Das Schloss" an ihre persönliche „Dornröschen-Metapher", aber auch an Kafkas letztes Werk denken. Es hatte ebenfalls „Das Schloss" heißen sollen, doch war es unvollendet geblieben, da Kafka während des Schreibens verstarb.

„Hm, Ihre anderen Texte unterscheiden sich schon sehr dramatisch von dem, was Sie dort verfasst haben", antwortete sie, in der Gewissheit, dass er nachhakte, sie so dazu nötigte, ein vernichtendes Urteil auszusprechen.

„So seien Sie bitte ehrlich! – Kann ich noch schreiben, ja oder nein?", stellte er ihr auch schon die Alternativfrage.

Klaudia schwieg bewusst, wusste, dass er es richtig interpretieren, sie ihn so weiter destabilisieren würde.

„Ich kann es also nicht mehr, die Muse hat mich verlassen!", wehklagte Köhler, als sei ein ihm nahe stehender Mensch verstorben. „Ich werde nie wieder einen Stift zur Hand nehmen! Nie wieder!", versprach er.

Den Schriftsteller in ihm hast du also schon getötet, dachte Klaudia, als Köhler das Thema wechselte, überschwenkte in ein Gespräch, für das er offensichtlich viel innere Stärke benötigte.

„Noch bevor ich sterbe", begann er mit mühsam beherrschter Stimme, „werde ich mein Buch ‚Hinter den Ginstertrieben'..."

Er setzte ab, fing sich wieder und verkündete dann:

„Ich werde mein Buch ‚Hinter den Ginstertrieben' verbrennen!"

Klaudia schwieg, hörte ihm zu.

„Selbst wenn es paradox klingen mag, das Verbrennen des Buches bedeutet gleichzeitig auch dessen Geburt in einer ganz neuen Literaturform: Der Buch-Typ des ‚verbrannten Buches', das ‚Mythos-Buch'. So wie der zweite Band der ‚Toten Seelen', den Gogol vor seinem Tod selbst verbrannt hat!"

Klaudia hörte, wie plötzlich ein gewisser Eifer in Köhlers Stimme mitschwang, als er von dieser Neugeburt seines poetischen Lebenswerks schwärmte.

„Wissen Sie, Karin, welches literarische Genie ebenfalls die Verbrennung seines letzten – unveröffentlichten – Buches testamentarisch angeordnet hat?"

„Nein!"

Sie spürte, dass Köhler sich offenbar seit Tagen und Nächten mit diesem Gedanken beschäftigt haben musste, ein Gedanke, dessen Prämisse sicherlich der Entschluss des Selbstmordes war!

„Nun, Karin, es ist mein Lieblingsschriftsteller, dem ich es in diesem Punkt gleichtun kann", fuhr Köhler fort. „Sein letztes unveröffentlichtes Buch heißt ‚Das Original von Laura', sein Untertitel ‚Sterben macht Spaß'! Es ist nicht nur unveröffentlicht, es ist vor allem unvollendet, weshalb es den Flammen überantwortet werden soll! Sein geistiger Vater heißt Vladimir Nabokov!"

Klaudia zuckte zusammen. Das passte. Der Autor des Skandalromans „Lolita" aus dem Jahre 1955.

„Seine Karriere begann mit ‚Lolita', der Geschichte über die Liebe des 37-jährigen Literaturprofessors Humbert zu Lolita, einem Schulmädchen von 12 Jahren", erklärte Köhler voll kurzlebiger Freude. „Nur um in deren Nähe zu sein, heiratet Humbert Lolitas Mutter. Als diese plötzlich stirbt, beginnt er eine sexuelle Beziehung mit seiner Stieftochter!"

Klaudia nickte, als stünde der schwärmende Köhler ihr direkt gegenüber. Sie erinnerte sich, als Jugendliche das Buch oft aufgeschlagen bei ihm im Wohnzimmer liegen gesehen zu haben. Als sie ein Schulreferat darüber halten musste, verhalf Köhler ihr damals zu einer Eins plus! Sie wusste noch, dass Köhlers Alter Ego die Romanfigur „Professor Humbert" war, der als fiktionaler Erzähler die Geschichte berichtete und dessen Leidenschaft für Nymphen mit einer Leidenschaft für Worte korrespondierte.

Während Klaudia noch über Lolita sinnierte, wechselte Köhler erneut übergangslos das Thema:

„Ich will nach meinem Tod ebenfalls verbrannt werden! Mensch und Manuskript sollen den gleichen Weg nehmen!", beschloss er.

Klaudia brauchte einen Moment, bis sie die Tragweite dessen begriff, was Köhler unausgesprochen mitteilte und worauf sie längst hinarbeitete. Köhler wollte offenbar wirklich sterben.

„Okay", brachte Klaudia hervor.

„Da ich mir die Pulsadern durchtrennen werde, würden die Flammen meine hässlichen Verletzungen unsichtbar machen!", fuhr Köhler fort.

„Karin, würden Sie mich auf dem Weg in eine bessere Welt begleiten? Nur bis zur Schwelle natürlich!", fragte er dann aufgeregt.

Klaudia holte tief Luft. Jetzt, wo sie ihn so weit gebracht hatte, spürte sie ein anderes Gefühl im Magen als zuvor, doch war es nicht weniger belastend. Sie zögerte. – Tu es! Er will es! Du brauchst es! Du hast lange genug darüber gegrübelt! Tu es!, schrie es in ihr.

„Fred", begann sie zögerlich, „wenn es Ihr Wille ist, dann stehe ich Ihnen natürlich bei!"

„Gut."

Köhler klang unendlich erleichtert.

„Karin, geben Sie mir Ihre Privatnummer, damit wir uns am Telefon verabreden können?", fragte Köhler in die Totenstille hinein.

„Äh ... geben Sie mir doch Ihre Telefonnummer!", hielt Klaudia dagegen, wühlte in ihrer Tasche und zog das alte Adressbuch hervor.

Köhler leistete keinen Widerstand. Langsam,

mit nervöser Stimme diktierte er seine Nummer. Klaudia schrieb nicht mit, glich sie nur mit
der Nummer ab, die sie seit Jahren in dem von
ihm geschenkten Adressbuch lesen konnte.
Einmal versprach Köhler sich, doch Klaudia
sagte nichts. Vielleicht, dachte sie dabei, ist das
ein ihm unbekannter Abwehrmechanismus,
der ihn dazu brachte, mir die falsche Zahl zu
nennen. Es war ihr egal. Eine ungeahnte innere
Ruhe, eine düstere Gewissheit breitete sich in
ihr aus. Köhler bedankte sich und versprach,
„morgen um diese Stunde" mit ihr einen Ter-
min zu vereinbaren, an dem er sterben wollte.
„Das Leben ist eine Qual, ein lebenslanges
Warten auf den Tod", sagte er zum Schluss.
Ja, dachte Klaudia, eine Qual, die nur mit dem
Tod beendet werden kann. Deinem Tod, Fred.

45. KAPITEL

Als Klaudia am nächsten Tag nervös auf Fred
Köhlers Anruf wartete, spürte sie, dass sie seine
Stimme nur noch zweimal im Leben blechern
aus dem Hörer vernehmen würde. Heute das
vorletzte Mal, dann noch einmal, ein letztes
Mal bei seinem Selbstmord. Auf bizarre Weise

erinnerte sie ihr eigener Seelenzustand an die Gefühle unmittelbar vor einer wichtigen Klausur: Bis zu einem gewissen Grad stellte sich bereits die Freude auf das erleichterte „Danach" ein, doch musste die Vorfreude immer und immer wieder gegen das lähmende Bedrücken der noch zu überstehenden, der durchzustehenden Prüfung ankämpfen. – Nur dass Klaudias aktuellen Gefühle mächtiger, extremer waren, sowohl die Angst als auch die Vorfreude.

Doch noch war nichts sicher geschafft. Kein Selbstmordtermin, und ob Köhler den heute so mir nichts, dir nichts vorschlagen würde, ohne „gutes Zureden", ohne jede Manipulation, da war sich Klaudia plötzlich gar nicht mehr so sicher.

Das Telefon klingelte. Köhler begann sogleich aufgeregt zu sprechen, als sich Klaudia meldete.

„Es war ein Hölleninferno!"

Er schien geradezu in die Sprechmuschel zu schreien!

„Fred, Augen schließen und tief durchatmen", versuchte Klaudia ihn zu beruhigen.

Sie hörte Köhler röchelnd in den Hörer atmen, offenbar befolgte er ihre Anweisung.

„Und jetzt noch mal tief ein- und ausatmen!",
befahl Klaudia.

Das blecherne Röcheln wiederholte sich wider-
standslos. Klaudia brachte ihn dazu, es noch
vier weitere Male zu tun und dabei „Mein Herz
schlägt ruhig und regelmäßig" zu säuseln.
Köhler befolgte ihre Anweisungen ohne Fragen, ohne Kommentar. Klaudia schüttelte beinahe belustigt den Kopf, dann erkundigte sie
sich, was es mit dem „Hölleninferno" auf sich
hatte.

„Es war heute Früh während des Morgengrauens!", begann Köhler nun beherrschter.
„Ich musste die ganze Nacht an die schönen
Aspekte des Freitods denken, sonst hätte ich
die anderen quälenden Gedanken, die wie Ge-
spenster um mich und mein Bett flogen, nicht
ertragen. Klar wie eine Vision sah ich mein
Buch ‚Hinter den Ginstertrieben', wie die
Flammen es verzehren, das Papier vergilbt,
sich zusammenzieht, schließlich verkohlt und
in Asche, schwarz und bröckelig, verwandelt."
Er machte eine Atempause, dann:
„Ich wusste, ich musste sie jetzt verbrennen.
Und ich wusste, welcher Ort sich für mich als
Melancholiker als der einzig würdige erwies."

Klaudia vermutete, was Köhler nun sagen würde, als er auch schon verkündete:

„Hinter den Ginstertrieben sollte das Buch eingeäschert werden! – Doch als ich gerade meine Jacke überzog, donnerte es gewaltig! Ich kann mich nicht daran erinnern, in meinem langen Leben einen so monströsen Donnerschlag vernommen zu haben! Er ließ die Luft erzittern, die Scheiben klirren! Mir war klar, dass es gefährlich war hinauszugehen. Wer wusste schon, ob ein zürnender Zeus nicht vielleicht einen weiteren Blitz schleudern würde. Aber ich ging, nein, ich lief, rannte durch das verlassene Dorf, über die zerzausten Wiesen, hinein in den düsteren, traurigen Wald. Am Himmel schossen dunkle Wolkengiganten in die Höhe, es sah aus, als laste ein Fluch über dem schlafenden Land. Doch ich lief weiter, fühlte mich wie magisch angezogen und spürte keine Erschöpfung in den Gliedern. Noch bevor ich die Ginstertriebe sehen konnte, roch ich den Geruch von Feuer. Ich hatte keine Angst. Wie von der Todessehnsucht ergriffen, lief ich auf das entfernte, orange Flackern zu. Ein Blitz war in die Ginstertriebe eingeschlagen, hatte sie in ein tobendes Höllenfeuer verwandelt!

Der Ort mit seinen Dornen und den uralten Baumgesichtern versank in dem Inferno! Die Flammen tanzten wie böswillige Kobolde. Ich spürte die Hitze auf dem Gesicht, wie eine Vorahnung der Hölle. Die Flammen schienen zu flüstern, ich solle näher kommen. Ich ging näher an diese hohe Feuerwand, bis ich die Hitze nicht mehr aushielt. Ich zögerte – dann warf ich mein Manuskript in die Flammen. Es brannte so wie ich es in meiner morgendlichen Vision vorhergesehen hatte. Die Ginstertriebe loderten, als seien sie verflucht. Der Ort, an dem es geschah, ist verbrannt, das Buch, in dem die Ereignisse geschrieben standen, ist verbrannt. – Nun fehlt nur noch mein alter Körper."

Klaudia schwieg, lauschte dem nachdenklichen Schweigen.

„Ich gebe zu, ich habe eine verdammte ... eine *Höllenangst!*", gestand Köhler dann.

Klaudia wusste, der beste Weg, Menschen die Angst vor dem Tod zu nehmen, war die Religion. „Denken Sie doch an die Bibel, Fred. Der brennende Dornbusch, den Moses gesehen hatte. Der stand auch in Flammen, okay, der ist dabei nicht verbrannt, aber nehmen Sie es doch trotzdem als ein Zeichen. Sie sind auf dem Weg durch die Wüste, hin zu einer paradiesischen Welt, dem gelobten Land, ein Ort so schön, wie wir ihn in diesem Leben nicht erblicken dürfen."

Klaudia schwieg, ließ die Worte auf ihn wirken.

„Asche zu Asche, Staub zu Staub", murmelte Köhler. „Als ich ruß-schwarz wie ein Bergmann zurück nach Merling kam, regnete es Asche. Sie wirbelte durch die Luft, setzte sich auf die Häuser und die Sankt-Michaels-Kirche. Dort wird meine Totenmesse gehalten werden – wenn ich mich beeile ..., denn bald ist sie keine Kirche mehr. Sie wird entweiht, ein Pfarrer vom Aachener Generalvikariat wird schon bald das Bischofsdekret verlesen und dann ist es amtlich, die Kirche wird formell wieder dem ‚weltlichen Gebrauch' zurückgegeben. Dann dürfen die Bagger kommen und das Gottes-haus, das zwei Weltkriege überlebt hat, ver-schlingen."

Köhler schwieg wieder einen Moment.

„Ich will, dass meine Totenmesse noch in Mer-ling gehalten wird, da wo ich auch einst getauft wurde!"

„Dann müssen wir uns beeilen!", sagte Klaudia mit sanftem Nachdruck in der Stimme.

„Ich weiß noch nicht, ob ich wirklich bereit bin", hielt Köhler dagegen.

„Ich höre aus dem, was Sie sagen und wie Sie es sagen, dass Sie bereit sind. Wenn Sie lange warten, verlieren Sie nur den Mut!", versuchte Klaudia ihn zu manipulieren.

Fast als hätte er Klaudia nicht zugehört, murmelte Köhler:

„Freud sagte einst über seine österreichische Heimat, sie sei ein Land, über das man sich zu Tode ärgert und in dem man trotzdem sterben möchte. – Ja, Karin, wenn ich es nicht bald tue, dann werde ich es nie tun. Ich möchte in meiner Heimat sterben."

Einmal mehr hörte Klaudia heraus, dass Köhlers Selbstmord für ihn keine Sühne, sondern purer Eigennutz war. Er wollte durch den Selbstmord dasselbe wie sie: Ruhe! Ruhe und inneren Frieden vor seinen Lebensqualen, vor seiner – im doppelten Sinne – Lebenslüge. Köhler wollte in Frieden ruhen, nicht mehr und nicht weniger. Dann tu ihm den Gefallen, dachte Klaudia, während Köhler sagte:

„Lassen Sie mich mein Leben noch einmal leben. Symbolisch. So wie ein Buch. Einleitung, Hauptteil, Schluss. Ich brauche drei Tage, Karin, dann bin ich bereit."

„Was meinen Sie, Fred, um wie viel Uhr soll ich sie begleiten?", fragte Klaudia.

Köhler schien völlig in seine Gedankenwelt abzugleiten:

„Nun werde ich doch noch nach Neu-Merling ziehen, denn hier wird nicht mehr bestattet. Na gut, so sei es. Ich habe immer gesagt, lebendig gehe ich hier nicht weg, das habe ich dann wohl geschafft."

Er lachte beinahe wie ein Wahnsinniger.

„Fred, um wie viel Uhr soll ich Sie begleiten?", wiederholte Klaudia die Frage.

Köhler überlegte einen Moment.

„Ich bin um 22 Uhr abends in Merling geboren. Und um 22 Uhr will ich in Merling sterben!"

46. KAPITEL

Das Ende naht, dachte Klaudia voll gemischter Gefühle, während sie aus dem Fenster der Straßenbahn blickte, in ein Düsseldorf, das sich vor dem drohenden Super-Sturm, dem angeblich nahenden Tornado fürchtete. Noch zwei Tage bis zu Köhlers Selbstmord. Doch Klaudia wollte sicher sein, dass niemals ihre Telefonnummer auf Köhlers Display angezeigt würde. Weder wenn Köhler sich, den Hörer am Ohr, in der nahenden Schicksalsnacht die Pulsadern durchschneiden noch irgendwann später, wenn – wer auch immer – ihn finden würde.

Alles endlich bald vorbei, dachte Klaudia, als sie ausstieg, um bis zum nächsten Telefonladen zu gehen und dort – so unauffällig wie möglich – technische Erkundigungen anzustellen. Dabei hatte sie einen Telefonladen am anderen Ende der Stadt gewählt, wo niemand sie kannte, dort, wo sie sonst niemand sah. Sicher ist sicher, dachte sie und musste sich eingestehen, sich bei all der Verschlagenheit allmählich tatsächlich fast wie eine Mörderin zu fühlen. Red' dir keinen Blödsinn ein!, befahl sie sich und trat platschend in eine tiefe Pfütze. Sie sah sich um. Die Straßen waren nass, der nicht weit entfernte, zylindrische Viktoria-Tower mit seiner Glasfassade glänzte vom Regenwasser. Es musste hier regelrecht gegossen haben, bemerkte sie. Merkwürdig, als sie in die Bahn gestiegen war, strahlte scheinheilig die Sonne, und während der ganzen Fahrt war kein Tropfen an die Scheibe geklatscht, überlegte Klaudia, als ohne Vorwarnung ein sintflutartiger Regen herabdonnerte. Klaudia rannte geduckt los, während ihr kaltes Wasser in den Kragen rann. Dann, keine fünf Sekunden danach, ebbte der Regen binnen weniger Augenblicke ab, nur noch ein leichter, kühler Windhauch wehte zwischen den mehrgeschossigen Häusern. Klaudia hörte eine Glocke zu ihr herüberklingen. Ein Mann mit messianischem Gesicht – lange Haare und „Jesus-Bart" – schwang sie rhythmisch hin und her, während er ein durchnässtes Pappschild vor dem Bauch trug, auf dem der Schriftzug „Das Ende ist nah" prangte. Klaudia versuchte ihn zu übersehen, doch der Mann trat auf sie zu, blickte sie mit irren Augen an, die gar nicht zu seinem Christusgesicht passten. Seine Wangen, regennass, wirkten, als seien sie voller Tränen.

„Richtet nicht, denn ihr werdet gerichtet!", zitierte er.

Klaudia wandte den Blick ab, doch der Mann griff sie an den Handgelenken, als ob er sie

verhaften wollte. Er blickte in ihre Handinnen-
flächen, wie eine alte Wahrsagerin.

„Bereue deine Sünden, auch jene, die du noch
nicht vollendet hast", raunte er beschwörend.

Klaudia starrte ihn an, als sich ein weiterer
Platzregen erbarmungslos über ihnen ergoss.
Sie riss sich los und eilte auf die Leuchtreklame
des Telefonladens zu, die schwach durch den
Regenvorhang zu ihr herüberglomm. Als sie
den Eingang erreichte, stoppte der Regen erneut, so als könne sich ein Wettergott nicht
entscheiden. Langsam, mit ungläubigem Blick,
drehte Klaudia den Kopf nach hinten, nach
oben zu den grauen Wolken über den Dächern
der Häuser. Schräg gegenüber, auf der anderen
Straßenseite, bemerkte sie ein großformatiges
Plakat, darauf ein riesiger, zu ihr herablächeln-
der Blutstropfen mit dem Blutspendeslogan:
„Blut kann Leben retten! – Auch deins!"

Kalt und durchnässt, mit an der Haut klebender
Kleidung, ging Klaudia durch den hellen Telefonladen, blickte auf die futuristisch anmuten-
den Apparate und Mobiltelefone auf den modern designten Verkaufstischen.

„Kann ich Ihnen weiterhelfen?", rief eine höfli-
che Stimme, und Klaudia blickte zu einem breit

lächelnden Mann mit halbmondförmigen Grübchen auf.

„Äh ja ...“

Klaudia überlegte schnell, rief sich den Plan ins Gedächtnis, wie sie „unauffällig“ an die Informationen käme, die sie in zwei Tagen sicher kennen musste.

„Es ist so, ich möchte, dass, wenn ich ... eine bestimmte Person anrufe, die dann direkt weiß, dass ich es bin. Also soll meine Nummer auf jeden Fall angezeigt werden“, begann Klaudia beinahe stotternd.

Das Grinsen des Verkäufers verbreiterte sich.

„Oh, intime Plaudereien am Telefon! Eine alte oder neue Liebschaft?“, palaverte er indiskret drauflos.

Dann begann er, Klaudia immer wieder verstohlen zuzwinkernd, zu erklären. Klaudia spielte sein Spiel mit, nutzte es für sich.

„Und wenn seine Frau bei der Polizei arbeitet, könnte sie früher oder später meine Nummer zurückverfolgen?“, fragte Klaudia.

Sie kramte in ihren Vertragsunterlagen und Bedienungsanleitungen, um absolut sicher zu sein. Was der Verkäufer ihr erklärte, beruhigte sie. Köhler jedenfalls würde ihre Nummer nicht auf seinem Display – falls er überhaupt eines am Telefon hatte – lesen können. Auch war Klaudia sich bald sicher, dass ihre plötzlichen Polizeiängste unbegründet waren.

„Wo wohnt Ihr Freund denn?", erkundigte sich der Verkäufer mit unprofessioneller Unverblümtheit.

Klaudias Blick floh vor die Türe, aber dort ergoss sich gerade ein weiterer Sekundenregen wie ein Gebirgsbach. Ihr fielen spontan die Bilder des weiten Braunkohletagebaus ein, die tiefen Hänge mit ihren verschieden braunen Erd- und Sandschichten.

„Er wohnt am Ende der Welt", hörte sich Klaudia spontan antworten.

Die Halbmondgrübchen des Mannes gruben sich wieder in seine Wangen.

„Tja, dann heißt es, nachts miteinander zu telefonieren", rief er fröhlich, „bis dass der Tod euch scheidet!"

47. KAPITEL

Was tut eine als Kind missbrauchte Frau in den Stunden, bevor ihr Peiniger sich umbringt?

Feiern?, fragte sich Klaudia Kraft und blickte auf den Schokoladenkuchen vor ihr auf dem Tisch, direkt daneben eine Glasschale mit roter Grütze, die aussah wie eine Schale voller Blut. Party! Das Sorgentelefon feiert ausgerechnet heute Jubiläum, dachte sie bitter. „Ein Jahr erfolgreiche Lebensberatung am Telefon" prangte auf einem breiten Pappschild an der Wand, umrahmt von bunten Girlanden. Doch was Klaudia am meisten ärgerte, war das zweite Schild von ihren Kollegen, auf dem stand: „Danke für alles, Klaudia! Du bist die Beste!" Diese Aufmerksamkeit war Klaudia unangenehm, ja geradezu unheimlich: dieses ständige kumpelhafte Auf-die-Schulter-Klopfen, die ständigen innigen Umarmungen ihrer Kollegen, die Komplimente und guten Wünsche ... Als Borderlinerin war dies_alles für sie ein einziges emotionales Bedrängen und Beklemmen. Sie wollte Grenzen ziehen, räumlich wie zwischenmenschlich, doch wusste sie, dass sie besonders hier und heute den Schein wahren musste, nicht auffallen durfte.

Klaudia fühlte sich elend. Ihr war, als seien ihre Sinne verändert, als könne sie die unheilvollen Vorboten des nahenden Super-Sturms spüren. Schon bald, Klaudia glaubte beinahe, dies prophezeien zu können, würden die Wolken zu rotieren beginnen, immer schneller und schneller, der Wirbelsturm über Düsseldorf würde geboren ...

Die Vorlesungen waren heute überwiegend abgesagt worden. Die meisten Dozenten hatten an diesem Tag, an dem es bereits mittags unheilvoll dämmerte, den Campus gar nicht erst betreten. Auch waren mehr „Sorgentelefon-Einladungen" verschickt worden, als Gäste erschienen waren. Petra, Lars, Christina, Franziska – die treuen Seelen – waren gekommen und bis auf Franziska bereits wieder gegangen, bemerkte Klaudia und blickte zu Peter Fels hinüber, der sorgenvoll zu seinem nahe des Gebäudes geparkten PKW hinüberäugte.

Franziska verabschiedete sich gerade, dann waren sie allein. Ein Telefon klingelte, Peter Fels hob ab.

„Oh ja, natürlich!", hörte sie den beleibten Religionspädagogen sagen. „Das tut mir sehr leid. Klaudia Kraft? Ja natürlich können Sie sie sprechen!"

Klaudia runzelte die Stirn. Wer wollte sie sprechen? Fels' breites Gesicht schien ernst, betroffen.

„Es geht um einen Todesfall, Klaudia!", raunte er, die fleischige Hand über die Sprechmuschel gewölbt.

„Ein Todesfall?", echote Klaudia und stand langsam auf.

Fels nickte:

„Er sagt, er ist ein alter Freund von dir! Er heißt Fred Köhler!"

Klaudia verlor die Kraft in den Beinen, sie fiel auf den Stuhl zurück. Hatte Fels nicht gerade ihren richtigen Namen genannt? Fels streckte ihr den Hörer entgegen. Klaudia begann unkontrolliert zu zittern, sammelte all ihre Kräfte und trat langsam auf den ernst da stehenden Peter Fels zu.

„Hallo?", hauchte sie ängstlich in den Hörer.

Drückendes Schweigen war die Antwort. Dann Köhlers Stimme.

„Schön wieder mit dir zu sprechen, Klaudia!"

Klaudia stockte der Atem, sie glaubte, ihre Augen müssten wie Pingpongbälle aus den Höhlen hervorquellen. Fred Köhler wusste es!

Dann erneut seine erstaunlich beherrschte Stimme:

„Ich wollte dir noch etwas sagen, bevor wir heute Abend das letzte Mal auf dieser Welt miteinander sprechen."

Klaudia traute sich kaum zu atmen. Seit wann wusste er es?

Köhler sprach ruhig weiter:

„Ich wollte dir aufrecht ‚danke' sagen. Für das, was du für mich in den letzten Wochen getan hast, wirst du sicherlich in den Himmel kommen. Wie hätte ich die Verschlechterung meines Zustandes nur ohne dich durchgestanden?"

Na ja, eigentlich habe ich dich dazu gebracht, diese Verschlechterung selbst herbeizuführen, dachte Klaudia still.

„Ich hoffe", redete Köhler mit der Fassung und Stärke eines Todkranken, der sein beginnendes Ende akzeptiert hat, „dass du – obwohl ich weiß, dass nur deine Kinderpuppe, aber nicht du, Karin heißt – mir heute Abend in dieser ... schweren Stunde ... am Telefon beistehst. Es ist so, als hieltest du meine Hand, Klaudia ..."

Trotz all dem chaotischen Entsetzen konnte Klaudia einen klaren Gedanken fassen. Sie verstand, was gerade passierte, was seit dem

Moment geschah, als sie beschloss, Köhlers Selbstmord herbeizuführen. Nein, Fred, so wie du dir das vorstellst, wird es nicht werden, schwor sich Klaudia.

„Aber natürlich Fred. Und du willst es sicherlich bei 22 Uhr belassen?"

Klaudia blickte auf ihre Armbanduhr. Es war etwa 21 Uhr.

„Um 22 Uhr bin ich geboren worden, um 22 Uhr werde ich sterben", wiederholte Köhler sein Vorhaben.

„Ich gebe dir mal meine Handynummer", sagte Klaudia mit festerer Stimme, „dann machen wir es doch besser so, dass du *mich* auf meinem Mobiltelefon anrufst, dann kann nichts schiefgehen."

Köhler willigte dankend ein.

„Bevor ich mich verabschiede, möchte ich dir noch einmal einen Text vorlesen", bat Köhler.

Klaudia horchte. Eine Gänsehaut breitete sich auf ihrem Rücken aus. Ein Zitat aus „Lolita":

„Ich liebe dich. Ich war ein fünfbeiniges Ungeheuer, aber ich liebte dich. Ich war verabscheuungswürdig und brutal und verworfen und vieles mehr, mais je t'aimais, je t'aimais. Und es gab Zeiten, in denen ich wusste, wie dir zumute war, und es war die Hölle, es zu wissen, meine Kleine.'"

Der Text war in dieser grotesken Situation sowohl eine Liebeserklärung an die Literatur als auch an sie.

„Es ist schön, welche Wendungen sich jetzt am Ende entwickeln!", meinte Köhler zum Schluss des Telefonates.

Oh ja, dachte Klaudia, aber eines kannst du mir glauben, Fred: Es wird noch weitere Wendungen geben. Und mit denen hast du niemals gerechnet.

48. KAPITEL

„Peter! Schnell! Nimm deine Autoschlüssel, du musst mich nach Merling fahren, wir müssen ein Menschenleben retten!", rief Klaudia dem Supervisor zu.

Der verstand kein Wort, verzog fragend das Gesicht.

„Wir haben eine Stunde! Dann ist er tot! Es darf auf keinen Fall so weit kommen!", rief Klaudia wütend.

Fels verstand offenbar immer noch nicht, griff aber nach seiner Jacke und zog seine Autoschlüssel hervor. Klaudia lief bereits die Treppe hinunter. Jetzt musste sie dem Religionspädagogen die ganze Geschichte beichten. Doch nur mit seiner Hilfe ließ sich eine Katastrophe abwenden, deren Gefahr sie erst eben bemerkt hatte.

Es war die Ruhe vor dem Sturm, als sie in dem kleinen Fiat von Peter Fels über die dunkle Autobahn Richtung Merling rasten. Die Reaktion des Telefonseelsorgers überrasche Klaudia. Er hatte sich ihre Erzählungen angehört, kommentarlos und urteilsfrei. Nun saßen sie wieder schweigend nebeneinander in dem dunklen Auto.

„Ich höre aus deinem verzweifelten Bericht heraus, dass du zwar zuerst glaubtest, den Ausgleich wiederherstellen zu können, jetzt aber merkst du, dass Fred Köhler in Wirklichkeit gerade dabei ist, dich ... ein weiteres Mal ‚platt' zu machen. Er würde sich mit seinem Suizid nur aus der Verantwortung ziehen. Du bleibst aber zurück und das mit einer unglaublichen, unerträglichen Last, die dich sicherlich erdrücken würde."

„Ja", murmelte Klaudia beschämt. „Du musst mich doch nun auch für ein Monster halten, oder?", fragte sie zögernd.

„Nein", entgegnete Fels ernst, „Menschen tun schlechte Dinge aus gutem Grund. Ich weiß ja, was dich getrieben hat. Ich versuche, mich in deine Gefühle hineinzuversetzen, obgleich das vollständig wohl nur jemand gelingen kann, der etwas Vergleichbares durchgemacht hat."

Klaudia blickte auf ihre Uhr: 21.50 Uhr. Die Zeit lief. Sie hatte vor, Köhler am Telefon hinzuhalten, Zeit zu gewinnen. Ihn davon abzuhalten, sich die Arme aufzuschlitzen, das war jetzt wohl nicht mehr möglich.

Der Sturm überrannte sie ohne Vorwarnung auf der Autobahn, unmittelbar vor Merling. Er schüttelte den kleinen PKW wie ein Spielzeugauto. Mit schweißnasser Stirn lenkte Peter Fels gegen, während Regenböen gegen die Windschutzscheibe hämmerten und die dunkle Landschaft um sie herum verschwimmen ließ. Noch fünf Minuten bis 22 Uhr, stellte Klaudia beunruhigt fest. Der Wind packte den Wagen erneut, einen kurzen Moment sahen sie die Leitplanke im Lichtkegel der Scheinwerfer auf sie zurasen, dann bekam Fels den Wagen wieder in den Griff. Zitternd blickte Klaudia auf die silberne Christopherus-Plakette am Armaturenbrett.

„Glaubst du, wir schaffen das? Oder glaubst du, wir beide werden *auch* noch in dieser Nacht sterben?", flüsterte Klaudia ängstlich.

Der Wind heulte dämonisch auf. In weiter Ferne sahen sie in der Dunkelheit formlose Teile, Pappe oder dünne Bretter, durch die Luft wirbeln.

„Ein Schmuckhändler erzählte Tiziano Terzani auf dem Basar von Delhi eine interessante Geschichte", entgegnete Fels gelassen. „Ein Diener geht auf den Markt. Dort sieht er einen schwarz gekleideten Mann, den Tod, stehen, der ihn anstarrt. Der Diener eilt zu seinem Herrn und bittet ihn um sein schnellstes Pferd, er will weitestmöglich fliehen, nach Samarkand. Er bekommt das Pferd. Dann geht der Herr auf den Markt und fragt den Tod, warum er seinen Diener erschreckt habe. Der Tod entgegnet, er habe das nicht beabsichtigt, er habe sich nur gewundert, den Diener hier zu sehen, wo sie doch für den Abend in Samarkand verabredet seien."

Klaudia schluckte einen schmerzhaften Kloß herunter. Dann klingelte ihr Handy. Es war 22 Uhr. Zitternd nahm Klaudia den Anruf entgegen.

„Klaudia!", hörte sie Köhlers Stimme. „Es ist soweit!"

49. KAPITEL

„Ich werde gleich sterben, und du, Klaudia, wirst mich am Telefon von Düsseldorf aus begleiten!"

In Köhlers Stimme lag eisige Entschlossenheit, er schien sich nun von nichts und niemand mehr aufhalten zu lassen.

Doch Klaudia hörte seine Todesangst: Köhlers Atem kam schnell und flach, er röchelte in das Telefon, dessen Hörer er geradezu innig an sein altes Gesicht schmiegen musste. Das intensive Atmen und die eindringliche Stimme vermittelten Klaudia das Gefühl einer unheimlich nahen Präsenz Köhlers. Klaudias Atem kam nun genauso flach und schnell wie der von Köhler. Ihr Herz raste.

„Klaudia, ich muss es nun tun."

„Warte noch!", rief Klaudia, ohne zu wissen, wie sie ihn hinhalten könnte.

Ihre größte Sorge bestand darin: Wie würden sie in Köhlers Haus eindringen können, um ihn am Sterben zu hindern?

Vor dem Seitenfenster blitzte es. Im kurzen Flackern malten sich schwarz die riesigen Silhouetten zweier Monsterbagger vor dem erhellten Himmel ab, bevor die Dunkelheit sie sofort wieder unsichtbar werden ließ. Es ist nicht mehr weit, erkannte Klaudia. Fels verließ die Autobahn, der Wagen holperte über eine alte Zufahrtsstraße, an verlassenen Bulldozern vorbei, vorüber an einem gelben Wegweiser mit der Aufschrift: „Merling 2 km". Der Wind dröhnte über ihnen, der winzige Wagen schwankte leicht. Klaudias Handy rauschte. Sie stutzte, dann erschrak sie. Neben Köhlers nüchterner Stimme hörte sie nun ein Brausen, dann ein Rauschen, Rascheln, ein Knacken und Knarzen. Um Köhler herum schien die Welt unterzugehen. Er ist nicht in seinem Haus!, schoss es Klaudia durch den Kopf. Er ist draußen, um sich umzubringen, rief sie von seinem Handy aus an. Die Ginstertriebe kamen ihr in den Sinn. Oder der andere abgelegene Ort, wo er den ihm so wichtigen Apfelbaum gepflanzt hatte? Klaudia schien beides plausibel. Sie musste es herausfinden, so dass Köhler wieder einmal nicht misstrauisch würde. „Wem sollen deine letzten Gedanken gelten?", fragte sie Köhler.

Das schnaufende Atmen setzte einen Moment aus, als er überlegte.

„Du wirst es sein, Klaudia!", erklärte er.

„Das ehrt mich, Fred, doch solltest du auch noch ein letztes Mal, bevor du gehst, an eine Tat denken, die dir in der letzten Zeit wichtig war. Das Apfelbäumchen zum Beispiel! – ‚Und wenn ich wüsste, dass morgen die Welt unterginge, dann pflanzte ich heute noch ein Apfelbäumchen'!" erinnerte sie ihn und fügte hinzu:

„Wann hast du diesen jungen Trieb das letzte Mal gesehen?"

Schweigen, dann:

„Das Apfelbäumchen habe ich das letzte Mal mit dir besucht."

Die Ginstertriebe ... war sich Klaudia nun sicher. Im Licht eines Blitzes erkannte sie die ersten verfallenen Umrisse von Merling. Sie deckte mit der Hand die Sprechmuschel ab. „Hier links zum Wald!", rief sie lauter als ihr lieb war, um den tobenden Sturm zu übertönen.

Aus einiger Entfernung drang ein berstendes Geräusch herüber, als der Sturm begann, ein Dach abzudecken. Dann hagelten die Ziegel krachend auf die Straße. Fels drehte ihr den Kopf zu.

„Zum Wald?", echote er.

Klaudia nickte, wandte sich dann wieder Köhler am Telefon zu.

„Klaudia, hast du etwa gerade mit jemandem gesprochen?", fragte Köhler, Skepsis und Unbehagen in der Stimme.

„Nein, Fred!", log Klaudia. „Hier in Düsseldorf geht nur gerade die Welt unter, ich habe mit mir selbst gesprochen, entschuldige bitte!"

„Ich muss jetzt, Klaudia, ich kann es nicht länger hinauszögern!"

Der Fiat hoppelte mit gequält röhrendem Motor auf den Wald zu. Das schaffen wir nicht!, spürte Klaudia, doch sie wollte nicht aufgeben, eine Chance, den Selbstmord zu verzögern, blieb ihr vielleicht noch!

„Ich höre, du hast Angst, dass dich dein Mut verlässt!", verbalisierte Klaudia Köhlers Gefühle.

„Ja, das stimmt, deshalb müssen wir es jetzt tun, Klaudia", kam Köhlers Antwort.

Konfrontiere ihn weiter mit seinen unausgesprochenen Gefühlen, indem du sie für ihn formulierst, so erforscht er sein Inneres und redet mit dir, rief sich Klaudia ins Bewusstsein.

„Und du weißt, dass wenn du es jetzt nicht tust, du es nie mehr tun wirst!", bemerkte Klaudia.

„Absolut", hörte sie Köhlers Stimme, begleitet vom Brüllen des Sturms. „Ich werde es nicht mehr schaffen, so weit wie heute zu gehen. Ich muss jetzt den letzten Schritt tun!"

Klaudia erschrak, als Köhler mit schleppender Stimme fragte:

„Muss ich mir beide Arme aufschneiden oder reicht einer?"

„Einer reicht, Fred, das erspart dir nur unnötige Qualen!", hauchte Klaudia, in der Hoffnung, dass Köhler so länger am Leben blieb und sie ihn – und somit sich selbst – retten könnte.

„Oh Gott!", stöhnte Köhlers schmerzverzerrte Stimme aus dem Hörer. Sein Atem kam nun noch schneller. „Wie ... lange ... dauert es?", brachte Köhler gequält heraus.

„Nicht lange Fred, du hast es gleich überstanden. Ganz ruhig. Bald bist du in einer Welt, in die du dich bis jetzt nur hineinträumen konntest", versuchte Klaudia ihn zu beruhigen.

„Ich weiß, dass du mich nie vergessen wirst", hauchte Köhler schwach, „aber bitte, bitte glaub' mir, dass auch ich eine gute Seite hatte, dass ich Gutes getan habe in meinem Leben, das hier und jetzt endet."

„Ich weiß, Fred", stammelte Klaudia, „versuch dir das in diesen Momenten ebenfalls zu sagen!"

In einiger Entfernung bemerkte Klaudia das rote Glühen der Rückleuchten eines parkenden Pkws vor einer sanft ansteigenden Wiese, deren Gras der darüber rasende Sturm niederdrückte. Köhlers Auto! Sie waren dort, wo er mit ihr seinen Spaziergang zu den Ginstertrieben begonnen hatte. Vielleicht schafften sie es doch noch!

„Fred!", rief Klaudia in das Handy.

Keine Antwort.

„*Fred!*", schrie sie noch einmal, doch nur das dämonische Brüllen des Sturms drang an ihr Ohr.

Tot! Er ist tot! Tot! Tot! Tot!, schrie es in Klaudia verzweifelt auf. Du hast ihn umgebracht, und er hat dich in dieser dunklen Welt zurückgelassen, mit einer nie wieder von dir zu nehmenden Last!

Fels stoppte den Wagen mit auf Kies knirschenden Reifen.

„Komm, Klaudia, es ist nicht zu spät!", rief er, griff unter den Fahrersitz, zog einen kleinen Erste-Hilfe-Koffer hervor und eine Taschenlampe.

„Los!", schnaufte Fels. „Ruf einen Krankenwagen, sie sollen zu diesem Parkplatz kommen!"

„Der ist nicht tot. Noch nicht!", rief Fels, während sie über den Wiesenpfad auf den dunklen Wald zurannten, der wie ein schlafender Riese vor ihnen lag. Der Sturm raste ihnen entgegen, erschwerte den Lauf, als wolle er sie von ihren Plänen abhalten.

„Damit Köhler schnell verblutet, muss er sich die Arterie durchtrennen!", erklärte der beleibte Telefonseelsorger keuchend. „Die meisten Selbstmörder schneiden sich aber nur die Venen durch, denn die liegen darüber!"

„Er hat nicht mehr geantwortet", jammerte Klaudia, den Tränen nahe.

„Ja", schnaufte Fels. „Ich schätze, der ist ohnmächtig. Er ist wahrscheinlich umgekippt, als er sein eigenes Blut gesehen hat und ist deswegen nicht mehr bis zur Arterie durchgekommen!"

Sie rannten den matschigen Pfad entlang, der sich durch den „Rotkäppchenwald" wand. Es war apokalyptisch. Die Bäume schwankten, tanzten, als wollten sie gleich, zu fantastischem Leben erwacht, ausbrechen, stampfend ihren angestammten Platz verlassen. Knacken, Knarzen, Ächzen erfüllte die stürmische Luft. Letzte Blätter raschelten in den mächtigen Kronen, bevor der Wind sie fortriss.

„Wir sind gleich da, hinter der nächsten Biegung ist es", bemerkte Klaudia.

Dann verlor sie die Orientierung. Lag hier einst der Ort der Ginstertriebe? Verkohlte Stümpfe, umgestürzte, geschwärzte Baumstämme und versengte, dornige Überbleibsel einzelner Ginstertriebe dominierten den von Flammen heimgesuchten Ort. Die Luft roch immer noch nach Feuer. Und mitten auf der verbrannten Erde lag ein regungsloser Körper. Klaudia stürzte darauf zu. Köhlers Mund stand offen, seine Augen waren geschlossen. In der Dunkelheit glänzte Blut überall auf seiner Kleidung, ein Arm ruhte, auf die Brust gelegt, in einer einzigen Lache klebrigen Blutes, in der Hand, ebenfalls blutverschmiert, sein Handy. In der anderen Hand hielt er noch ein breites Küchenmesser, die Klinge war mit Blut besudelt.

„Oh mein Gott!", entfuhr es Fels.

Klaudia tastete nach einem Puls.

„Verdammte Scheiße!", schrie sie. Nichts! Sie versuchte es noch mal, ein schwaches Pulsieren unter seiner lappigen Haut zu finden ...

„Er lebt doch noch!", rief sie dann erleichtert, wusste aber, dass er innerhalb allerkürzester Zeit sterben könnte, während sie die Schnappschlösser des Erste-Hilfe-Kastens aufspringen ließ. Ein Druckverband könnte Köhler retten. Sein Blut war warm, klebte überall an ihren Händen. Professionell, mit erstaunlich kühlem Verstand, verarztete Klaudia Köhler. Während sie in schnellen Bewegungen den Verband anlegte, hörte sie den Religionspädagogen leise beten:

„...bitte für uns Sünder, jetzt und in der Stunde unseres Todes ..."

Klaudia prüfte noch einmal den Puls. „Ja, nur weiter so, lebe gefälligst!", befahl sie dem ohnmächtigen Köhler.

Dann griff sie ihm unter die Arme, Fels nahm seine Füße, und sie schleppten ihn los.

Köhler blieb die gesamte Zeit ohne Bewusstsein. Als sie mit vor Anstrengung schmerzenden Armen den Waldrand erreichten, hörte Klaudia von Weitem ein Martinshorn herüberjaulen und in weiter Ferne ein Blaulicht durch die dunkle Landschaft zucken. Sie seufzte erleichtert, dann schleppten sie Köhler wie einen Sack das letzte Stück zum Parkplatz.

Als Sanitäter Fred Köhler, auf eine Trage geschnallt, in den hell erleuchteten Rettungswagen hievten, schlug er urplötzlich die Augen auf. Ängstlich, nichts verstehend, blickte er sich um, sah die Sanitäter und sah Klaudia. Seine Kinnlade klappte herunter. Dann schrie er los: „Nein! Bitte! Ich kann so nicht weiterleben! Ich will tot sein! Lasst mich sterben!"

Er flehte um seinen Tod wie andere um ihr Leben. Die Hecktüren des Rettungswagens schwangen zu, die hysterischen Schreie verstummten.

Peter Fels blieb mit Klaudia auf dem dunklen Parkplatz stehen, sie blickten den roten Rückleuchten des Rettungswagens nach, die in der Nacht verschwanden.

Klaudia sah zum Himmel. Der Sturm hatte sich gelegt. Dann stellte sie fest:

„Wir alle haben die Katastrophe überlebt."

EPILOG

„Wie soll eine solch grausame Geschichte wie die Ihre, Frau Kraft, gut ausgehen?"

Fragend beugte sich der Psychiater, Dr. Kramer, auf seinem Schreibtischstuhl vor und runzelte die Stirn.

„Dieser Köhler hat Sie missbraucht, zerstörte *Ihr* Leben, *Sie* missbrauchen das Sorgentelefon, zerstören systematisch *sein* Leben und er versucht sich umzubringen, wovor Sie ihn in allerletzter Sekunde bewahren", rekapitulierte er, nicht ohne eine gewisse Fassungslosigkeit, die Ereignisse, die Klaudia ihm gerade gebeichtet hatte. Ereignisse, die nun zwei Tage zurücklagen, eine „unendlich kurze Ewigkeit", wie Klaudia dachte.

Kramer schüttelte den Kopf. „Das Verrückteste ist, dass die Geschichte tatsächlich gut ausging, beziehungsweise wird ausgehen können, und damit meine ich nicht nur die Tatsache, dass Köhler und Sie diese Schreckensnacht überlebt haben."

Klaudia hörte nur schweigend zu.

„Frau Kraft, Sie haben mir nichts gesagt, mir nicht vertraut!", warf ihr Kramer latent vorwurfsvoll vor.

300

Er blickte ihr forschend in die Augen.

„Sie wissen, dass Ihre suizidfördernden Strategien wirklich etwas geradezu Teuflisches an sich hatten."

Klaudia überlegte hin und her.

„Ich kann Ihre Gedanken gut verstehen, sehr gut sogar", erklärte sie schließlich, „aber genau das ist der Grund, warum ich Ihnen von all dem nichts erzählt habe!"

Der Psychiater blickte ihr immer noch in die Augen, versuchte darin mehr zu finden als eine Frau, die einen Mann dazu manipuliert hatte, sich die Pulsadern durchzuschneiden.

„Ich versteh' Sie auch", meinte er dann ernst. „Das alles beweist nur, wie sehr Sie gelitten haben – als Opfer eines Pädophilen der ganz üblen Sorte, so nett er im übrigen Leben auch gewesen sein mag. Sie waren unendlich verletzt und unendlich machtlos. – Und daraus entwickelte sich unzähmbare Wut. Schrecklich, was auch Sie durchlitten haben! Ja, ich bin mir sicher, dass Sie in Ihrem tiefsten Herzen, in Ihrer dunkelsten Stunde wirklich keinen anderen Ausweg mehr gesehen haben."

Klaudia nickte:

„*Er* stirbt oder *ich*", wiederholte sie ihre früheren Gedanken, die ihr inzwischen so fremd erschienen wie Erinnerungen aus einem früheren Leben.

„Und ich bin mir sicher, so wäre es auch gekommen, hätten die Dinge sich nicht so entwickelt, wie sie es haben", erklärte Kramer, bevor er nach einer Pause hinzufügte: „Auch wenn ich mir sicher bin, dass Sie sich ebenfalls über kurz oder lang umgebracht hätten, wenn Köhler wirklich gestorben wäre, und er sie mit einer solchen Last hier zurückgelassen hätte!"

Klaudia zuckte die Achseln, wusste aber, dass der Psychiater Recht hatte. Sie schwitzte in dem kleinen Behandlungszimmer und krempelte sich die Ärmel hoch, sah ihre Narben. – Narben, wie die, die nun auch Fred Köhler zeichneten.

„Trotz allem, Sie hätten fast eine unendliche Katastrophe losgetreten. Können Sie für sich zulassen, dass viele Menschen in unterschiedlichen Situationen mit unterschiedlicher Dramatik zu schrecklichen Taten fähig sind?"

Klaudia dachte schweigend nach, plötzlich sah sie Köhlers Gesicht vor ihrem inneren Auge. Und … was war das? Es war nur ein leichtes Gefühl, nur so schwach wie ein Blumenduft in einem Sturm, doch sie nahm das Gefühl zum ersten Mal wahr.

„Ich ..:", begann Klaudia unsicher, ob sie sich nicht täuschte, „ich spüre so etwas wie einen Hauch ... Verständnis für Fred."

Stille.

Klaudia dachte darüber nach, was sie sich da gerade hatte sagen hören. Kein Gutheißen, kein Verharmlosen von Köhlers Verbrechen, doch das leise Gefühl zu glauben, dass ein unendliches Leiden Köhler – aber auch sie – zu monströsen Taten hatte treiben können, so verwerflich sie auch sein mochten. Ein Verstehen im Sinne des Ansatzes von einem Nachvollziehen-Können auf abstraktester Ebene. Sie konnte das Gefühl nicht in die richtigen Worte fassen, es klang immer wieder falsch. Doch eines wusste sie: Sie war auf dem richtigen Weg mit sich und ihrem Leben ins Reine zu kommen.

Kramer sah sie lange schweigend an, dann sagte er nachdenklich:

„Klaudia, Sie haben hier und jetzt eine unglaublich große Entwicklung gemacht."

Klaudia blickte an dem Psychiater vorbei hinaus aus dem Panoramafenster in den Medienhafen. Die Sonne schien auf den windstillen

Hafen, in den das Großstadtleben allmählich zurückkehrte.

„Und was denken Sie?", hörte sie Kramers ruhige Stimme.

Klaudia lächelte.

„Das wissen Sie doch!", rief sie von plötzlicher Fröhlichkeit überrascht.

„Klar!", lachte Kramer. „Aber ich will, dass Sie es selber sagen!"

Klaudia holte tief Luft, zögerte, bevor sie sagte:

„Ich glaube jetzt nicht mehr, dass die Welt untergeht!

Über den Autor:

Ansgar Fabri ist Journalist, Autor und Dozent. Neben Veröffentlichungen von Romanen, Kurzgeschichten und Fachbüchern bei Verlagen organisiert er Buchprojekte für verschiedene Institutionen. Seine Kurzgeschichte „Alltagsszene" wurde von Amnesty International und Aktion Mensch prämiert. Der Autor ist Mitglied in der Krimischriftstellervereinigung "Syndikat". Er war wissenschaftlicher Mitarbeiter in einem Forschungsprojekt zur „Psychiatrie und Patientengeschichte" an der Hochschule Niederrhein, an der er auch regelmäßig Kreatives Schreiben lehrt. Er unterrichtet für die VHS Düsseldorf, das ASG Bildungsforum Düsseldorf und das Goethe-Institut Deutsch als Fremdsprache. Mit seiner Frau, der Kulturpädagogin Nadine Fabri, und seinem Sohn Noah lebt er in Mönchengladbach.

Weitere Informationen zu Publikationen und Projekten auf: www.fabri-k.de

Weitere Publikationen

des Autors

Der Saulus-Effekt
Ansgar Fabri

Für seine groteske Selbsttherapie schafft der Erfolgscoach Paulus das scheinbar Unmögliche: Noch vor der Polizei fängt er den Mörder seiner Frau und sperrt ihn in ein Kellerverlies in einem abgelegenen Waldhaus. Dort befragt er ihn mit Techniken des Neuro-Linguistischen Programmierens – Methoden, mit denen er sonst Top-Manager coacht –, nur um das Verbrechen zu verstehen. Zu spät merkt Paulus, dass sein Gefangener Mitglied einer gefährlichen Sekte ist, die es nun auf ihn abgesehen hat. Paulus merkt, dass er das Töten vom Mörder seiner Frau lernen muss, um diesen umzubringen – wenn er, Paulus, nicht selbst das nächste Opfer werden will.

"Den Gleichklang gegenwärtiger Krimiliteratur durchbricht Ansgar Fabri in seinem zweiten Roman ‚DER SAULUS EFFEKT` durch eine innovative und klug durchdachte Handlung."
Rheinische Post

"Ein sehr faszinierendes Buch ist der ‚Saulus Effekt'. Ich wollte es gar nicht mehr aus der Hand legen, ein Buch, das man verschlingt."
Niersradio

Raptus
Ansgar Fabri

Der brutale Mord an einem amerikanischen Soldaten im Mönchengladbacher NATO-Stadtteil „Joint Headquarters" sorgt für Wirbel in höchsten Kreisen. FBI-Agent Gordon Northborn wird an den Niederrhein beordert, um mit dem Mönchengladbacher Ermittler Oskar Pelzer und dessen Team den Fall zu untersuchen. Weitere Soldaten werden auf immer drastischere Weise getötet. Das deutsch-amerikanische Ermittlerteam vermutet einen Täter, der selbst Opfer ist. Schon bald eskalieren die Ereignisse.

„Ansgar Fabri setzt sich in seinem Psychothriller auf spannende und mitreißende Weise mit der Thematik der posttraumatischen Belastungsstörung und ihren verheerenden Ausmaßen auseinander."
Magazin HINDENBURGER

„Packend, aufreibend, tiefschürfend und lehrreich."
Rheinische Post

„Ansgar Fabri schreibt Psychothriller, die unter die Haut gehen."
Niersradio

Join the Headquarter

Ansgar und Nadine Fabri

Es war das wohl größte britische Dorf außerhalb des englischen Königreichs, dann verwandelte es sich in eine Geisterstadt und wurde zeitweise als Nachfolgeort für den legendären „Rock am Ring" gehandelt – die Joint Headquarters in Mönchengladbach. Erfahren Sie in anschaulichen Reportagen Wissenswertes über das, was in diesem ungewöhnlichen Garnisonsstadtteil Mönchengladbachs passierte und lesen Sie in mehreren Kurzgeschichten, was dort vielleicht noch hätte passieren können, aber (oft zum Glück) nicht passiert ist. In der umfangreichen Geschichte „Alternative Null" entwirft das Autorenpaar eine düstere Zukunftsvision vom JHQ, die an vielen Schauplätzen mit Wiedererkennungseffekt spielt.

"Super spannend geschrieben!"
Lena Sapper, TV-Journalistin CityVision